Quand la peur hante les nouvelles

Guy de Maupassant

Edgar Allan Poe

* * *

Editions Le Mono

Collection **« Les Grands Auteurs »**

© Editions Le Mono

ISBN : 978-2-919084-00-5
EAN : 9782919084005

« Moi aussi, je sais une chose étrange, tellement étrange, qu'elle a été l'obsession de ma vie... Il m'est demeuré de ce jour-là une marque, une empreinte de peur, me comprenez-vous ? Oui, j'ai subi l'horrible épouvante, pendant dix minutes, d'une telle façon que depuis cette heure une sorte de terreur constante m'est restée dans l'âme. Les bruits inattendus me font tressaillir jusqu'au cœur ; les objets que je distingue mal dans l'ombre du soir me donnent une envie folle de me sauver. J'ai peur la nuit, enfin. » – (Apparition, Guy de Maupassant.)

Avez-vous déjà lu une nouvelle, un conte ou un roman de ces deux auteurs ? Avez-vous déjà regardé un film tiré de leurs écrits ou évoquant un de leurs personnages ?

Guy de Maupassant et Edgar Allan Poe ont toujours fasciné le monde littéraire et cinématographique par leur style extraordinaire de narrateur et de conteur, leur admirable faculté de création littéraire.

Leur imagination se nourrit de faits réels qu'ils évoquent à travers une narration qui capte le lecteur, suscitant l'effroi chez certains, la réflexion et le questionnement chez d'autres ; d'où l'intérêt intarissable pour leurs œuvres.

Les effets spéciaux qu'on retrouve dans leurs écrits, pour emprunter un terme cher au monde cinématographique, semblent minutieusement réfléchis et travaillés pour distiller cette peur et cette horreur caractéristiques de leur talent littéraire, susciter ce questionnement sur le réel et l'irréel, cette réflexion sur des faits parfois hallucinants mais souvent ordinaires. Ordinaires comme ces réjouissances populaires qui attirent l'attention et l'analyse du personnage hanté par le Horla :

« 14 juillet. – Fête de la République. Je me suis promené par les rues. Les pétards et les drapeaux m'amusaient comme un enfant. C'est pourtant fort bête d'être joyeux, à date fixe, par décret du gouvernement. Le peuple est un

troupeau imbécile, tantôt stupidement patient et tantôt férocement révolté. On lui dit : "Amuse-toi". Il s'amuse. On lui dit : " Va te battre avec le voisin". Il va se battre. On lui dit : "Vote pour l'Empereur". Il vote pour l'Empereur. Puis, on lui dit : "Vote pour la République". Et il vote pour la République.

Ceux qui le dirigent sont aussi sots ; mais au lieu d'obéir à des hommes, ils obéissent à des principes, lesquels ne peuvent être que niais, stériles et faux, par cela même qu'ils sont des principes, c'est-à-dire des idées réputées certaines et immuables, en ce monde où l'on n'est sûr de rien, puisque la lumière est une illusion, puisque le bruit est une illusion. » (Le Horla, Guy de Maupassant.)

Nombreuses sont les similitudes qu'on retrouve tant dans les œuvres gigantesques de ces auteurs, que dans leur vie qui a été, pour l'un et l'autre, assez courte. Une vie qu'ils ont finie comme certains de leurs personnages, avec des troubles physiques et psychiques qui, selon certains critiques, auraient nourri leur imagination littéraire, surtout vers la fin de leur vie.

Edgar Allan Poe, né en 1809 aux Etats-Unis, vécut la première moitié du 19è siècle et disparut en 1849, comme pour céder sa place, ou plutôt l'autre moitié du siècle, à Guy de Maupassant né en France en 1850, quelques mois seulement après la mort de Poe.

La vie de l'un succéda à celle de l'autre et n'a duré chacune qu'une quarantaine d'années.

Quarante ans de vie c'est peu. Mais quelles impressionnantes œuvres ont-ils laissées derrière eux !

Avant de connaître le succès qui nous émeut souvent, ils ont eu tous les deux un début difficile. La carrière littéraire de Edgar Allan Poe débuta modestement par la publication anonyme d'un recueil de poèmes et son premier roman fut un échec ; tout comme Guy de Maupassant qui publia ses premiers écrits sous pseudonyme, selon la volonté de Flaubert qui estimait, dit-on, immature son écriture. Leurs premiers écrits ne connurent donc pas de succès auprès du public. Il est évident que c'est grâce à leur faculté créatrice et surtout à leur talent, qu'ils ont pu réussir à faire oublier ces échecs de débutants qui découragent de nombreux auteurs et artistes.

Au-delà des similitudes liées à leur existence, c'est souvent dans la littérature fantastique qu'on retrouve des rapprochements entre ces deux écrivains. Même si leurs œuvres ne se limitent pas aux nouvelles fantastiques, c'est dans ce genre qu'ils ont incontestablement fasciné leur époque et continuent de fasciner ceux qui les lisent aujourd'hui.

Ce livre regroupe quelques-unes de leurs excellentes nouvelles (des contes diront certains) dans lesquelles se retrouvent des similitudes au niveau des récits et du style littéraire.

Malgré ces similitudes, vous serez peut-être plus séduit par l'un - pour sa concision, sa narration, son réalisme dans les écrits suscitant l'angoisse, la peur et la réflexion – ou par l'autre - pour ses détails, ses histoires prodigieusement imaginées, surfant avec le mystère, l'épouvante et l'horreur…

Des auteurs au style extraordinaire

qui ont fasciné des millions de lecteurs

par ces histoires qui inspirent la peur...

La Peur

Guy de Maupassant

À J. K. Huysmans

O n remonta sur le pont après dîner. Devant nous, la Méditerranée n'avait pas un frisson sur toute sa surface qu'une grande lune calme moirait. Le vaste bateau glissait, jetant sur le ciel, qui semblait ensemencé d'étoiles, un gros serpent de fumée noire ; et, derrière nous, l'eau toute blanche, agitée par le passage rapide du lourd bâtiment, battue par l'hélice, moussait, semblait se tordre, remuait tant de clartés qu'on eût dit de la lumière de lune bouillonnant.

Nous étions là, six ou huit, silencieux, admirant, l'œil tourné vers l'Afrique lointaine où nous allions. Le commandant, qui fumait un cigare au milieu de nous, reprit soudain la conversation du dîner.

- Oui, j'ai eu peur ce jour-là. Mon navire est resté six heures avec ce rocher dans le ventre, battu par la mer. Heureusement que nous avons été recueillis, vers le soir, par un charbonnier anglais qui nous aperçut.

Alors un grand homme à figure brûlée, à l'aspect grave, un de ces hommes qu'on sent avoir traversé de longs pays inconnus, au milieu de dangers incessants, et dont l'œil tranquille semble garder, dans sa profondeur, quelque chose des paysages étranges qu'il a vus ; un de ces hommes qu'on devine trempés dans le courage, parla pour la première fois :

- Vous dites, commandant, que vous avez eu peur ; je n'en crois rien. Vous vous trompez sur le mot et sur la sensation que vous avez éprouvée. Un homme énergique n'a jamais peur en face du danger pressant. Il est ému, agité, anxieux ; mais la peur, c'est autre chose.

Le commandant reprit en riant :

- Fichtre ! je vous réponds bien que j'ai eu peur, moi.

Alors l'homme au teint bronzé prononça d'une voix lente :

- Permettez-moi de m'expliquer ! La peur (et les hommes les plus hardis peuvent avoir peur), c'est quelque chose d'effroyable, une sensation atroce, comme une décomposition de l'âme, un spasme affreux de la pensée et du cœur, dont le souvenir seul donne des frissons d'angoisse. Mais cela n'a lieu, quand on est brave, ni devant une attaque, ni devant la mort inévitable, ni devant toutes les formes connues du péril : cela a lieu dans certaines circonstances anormales, sous certaines influences mystérieuses en face de risques vagues. La vraie peur, c'est quelque chose comme une réminiscence des terreurs fantastiques d'autrefois. Un homme qui croit aux revenants, et qui s'imagine apercevoir un spectre dans la nuit, doit éprouver la peur en toute son épouvantable horreur.

Moi, j'ai deviné la peur en plein jour, il y a dix ans environ. Je l'ai ressentie, l'hiver dernier, par une nuit de décembre.

Et, pourtant, j'ai traversé bien des hasards, bien des aventures qui semblaient mortelles. Je me suis battu souvent. J'ai été laissé pour mort par des voleurs. J'ai été condamné, comme insurgé, à être pendu, en Amérique, et jeté à la mer du pont d'un bâtiment sur les côtes de Chine. Chaque fois je me suis cru perdu, j'en ai pris immédiatement mon parti, sans attendrissement et même sans regrets.

Mais la peur, ce n'est pas cela.

Je l'ai pressentie en Afrique. Et pourtant elle est fille du Nord ; le soleil la dissipe comme un brouillard. Remarquez bien ceci, messieurs. Chez les Orientaux, la vie ne compte pour rien ; on est résigné tout de suite ; les nuits sont claires et vides des inquiétudes sombres qui hantent les cerveaux dans les pays froids. En Orient, on peut connaître la panique, on ignore la peur.

Eh bien ! voici ce qui m'est arrivé sur cette terre d'Afrique :

Je traversais les grandes dunes au sud de Ouargla. C'est là un des plus étranges pays du monde. Vous connaissez le sable uni, le sable droit des interminables plages de l'Océan. Eh bien ! figurez-vous l'Océan lui-même devenu sable au milieu d'un ouragan ; imaginez une tempête silencieuse de vagues immobiles en poussière jaune. Elles sont hautes comme des montagnes, ces vagues inégales, différentes, soulevées tout à fait comme des flots déchaînés, mais plus grandes encore, et striées comme de la moire. Sur cette mer furieuse, muette et sans mouvement, le dévorant soleil du sud verse sa flamme implacable et directe. Il faut gravir ces lames de cendre d'or, redescendre, gravir encore, gravir sans cesse, sans repos et sans ombre. Les chevaux râlent, enfoncent jusqu'aux genoux, et glissent en dévalant l'autre versant des surprenantes collines.

Nous étions deux amis suivis de huit spahis et de quatre chameaux avec leurs chameliers. Nous ne parlions plus, accablés de chaleur, de fatigue, et desséchés de soif comme ce désert ardent. Soudain un de nos hommes poussa une sorte de cri ; tous s'arrêtèrent ; et nous demeurâmes immobiles, surpris par un inexplicable phénomène, connu des voyageurs en ces contrées perdues.

Quelque part, près de nous, dans une direction indéterminée, un tambour battait, le mystérieux tambour des dunes ; il battait distinctement, tantôt plus vibrant, tantôt affaibli, arrêtant, puis reprenant son roulement fantastique.

Les Arabes, épouvantés, se regardaient ; et l'un dit, en sa langue : "La mort est sur nous". Et voilà que tout à coup mon compagnon, mon ami, presque mon frère, tomba de cheval, la tête en avant, foudroyé par une insolation.

Et pendant deux heures, pendant que j'essayais en vain de la sauver, toujours ce tambour insaisissable m'emplissait l'oreille de son bruit monotone, intermittent et incompréhensible ; et je sentais glisser dans mes os la peur, la vraie peur, la hideuse peur, en face de ce cadavre aimé, dans ce trou incendié par le soleil entre quatre monts de sable, tandis que l'écho inconnu nous jetait, à deux cents lieues de tout village français, le battement rapide du tambour.

Ce jour-là, je compris ce que c'était que d'avoir peur ; je l'ai su mieux encore une autre fois…

Le commandant interrompit le conteur :

- Pardon, Monsieur, mais ce tambour ? Qu'était-ce?

Le voyageur répondit :

- Je n'en sais rien. Personne ne sait. Les officiers, surpris souvent par ce bruit singulier, l'attribuent généralement à l'écho grossi, multiplié, démesurément enflé par les vallonnements des dunes, d'une grêle de grains de sable emportés dans le vent et heurtant une touffe d'herbes sèches ; car on a toujours remarqué que le phénomène se produit dans le voisinage de petites plantes brûlées par le soleil, et dures comme du parchemin.

Ce tambour ne serait donc qu'une sorte de mirage du son. Voilà tout. Mais je n'appris cela que plus tard.

J'arrive à ma seconde émotion.

C'était l'hiver dernier, dans une forêt du nord-est de la France. La nuit vint deux heures plus tôt, tant le ciel était sombre. J'avais pour guide un paysan qui marchait à mon côté, par un tout petit chemin, sous une voûte de sapins dont le vent déchaîné tirait des hurlements. Entre les cimes, je voyais courir des nuages en déroute, des nuages éperdus qui semblaient fuir devant une épouvante.

Parfois, sous une immense rafale, toute la forêt s'inclinait dans le même sens avec un gémissement de souffrance ; et le froid m'envahissait, malgré mon pas rapide et mon lourd vêtement.

Nous devions souper et coucher chez un garde forestier dont la maison n'était plus éloignée de nous. J'allais là pour chasser.

Mon guide, parfois, levait les yeux et murmurait : « Triste temps ! ». Puis il me parla des gens chez qui nous arrivions. Le père avait tué un braconnier deux ans auparavant, et, depuis ce temps, il semblait sombre, comme hanté d'un souvenir. Ses deux fils, mariés, vivaient avec lui.

Les ténèbres étaient profondes. Je ne voyais rien devant moi, ni autour de moi, et toute la branchure des arbres entre-choqués emplissait la nuit d'une rumeur incessante. Enfin, j'aperçus une lumière, et bientôt mon compagnon heurtait une porte. Des cris aigus de femmes nous répondirent. Puis, une voix d'homme, une voix étranglée, demanda : "Qui va là ?". Mon guide se nomma. Nous entrâmes. Ce fut un inoubliable tableau.

Un vieil homme à cheveux blancs, à l'œil fou, le fusil chargé dans la main, nous attendait debout au milieu de la cuisine, tandis que deux grands gaillards, armés de haches, gardaient la porte. Je distinguai dans les coins sombres deux femmes à genoux, le visage caché contre le mur.

On s'expliqua. Le vieux remit son arme contre le mur et ordonna de préparer ma chambre ; puis, comme les femmes ne bougeaient point, il me dit brusquement :

- Voyez-vous, Monsieur, j'ai tué un homme, voilà deux ans, cette nuit. L'autre année, il est revenu m'appeler. Je l'attends encore ce soir.

Puis il ajouta d'un ton qui me fit sourire :

- Aussi, nous ne sommes pas tranquilles.

Je le rassurai comme je pus, heureux d'être venu justement ce soir-là, et d'assister au spectacle de cette terreur superstitieuse.

Je racontai des histoires, et je parvins à calmer à peu près tout le monde.

Près du foyer, un vieux chien, presque aveugle et moustachu, un de ces chiens qui ressemblent à des gens qu'on connaît, dormait le nez dans ses pattes.

Au-dehors, la tempête acharnée battait la petite maison, et, par un étroit carreau, une sorte de judas placé près de la porte, je voyais soudain tout un fouillis d'arbres bousculés par le vent à la lueur de grands éclairs.

Malgré mes efforts, je sentais bien qu'une terreur profonde tenait ces gens, et chaque fois que je cessais de parler, toutes les oreilles écoutaient au loin. Las d'assister à ces craintes imbéciles, j'allais demander à me coucher, quand le vieux garde tout à coup fit un bond de sa chaise, saisit de nouveau son fusil, en bégayant d'une voix égarée : "Le voilà ! le voilà ! Je l'entends !". Les deux femmes retombèrent à genoux dans leurs coins en se cachant le visage ; et les fils reprirent leurs haches. J'allais tenter encore de les apaiser, quand le chien endormi s'éveilla brusquement et, levant sa tête, tendant le cou, regardant vers le feu de son œil presque éteint, il poussa un de ces lugubres hurlements qui font tressaillir les voyageurs, le soir, dans la campagne. Tous les yeux se portèrent sur lui, il restait maintenant immobile, dressé sur ses pattes comme hanté d'une vision, et il se remit à hurler vers quelque chose d'invisible, d'inconnu, d'affreux sans doute, car tout son poil se hérissait. Le garde, livide cria : "Il le sent ! il le sent ! il était là quand je l'ai tué". Et les deux femmes égarées se mirent, toutes les deux, à hurler avec le chien.

Malgré moi, un grand frisson me courut entre les épaules. Cette vision de l'animal dans ce lieu, à cette heure, au milieu de ces gens éperdus, était effrayante à voir.

Alors, pendant une heure, le chien hurla sans bouger ; il hurla comme dans l'angoisse d'un rêve ; et la peur, l'épouvantable peur entrait en moi ; la peur de quoi ? Le sais-je ? C'était la peur, voilà tout.

Nous restions immobiles, livides, dans l'attente d'un événement affreux, l'oreille tendue, le cœur battant, bouleversés au moindre bruit. Et le chien se mit à tourner autour de la pièce, en sentant les murs et gémissant toujours. Cette bête nous rendait fous ! Alors, le paysan qui m'avait amené, se jeta sur elle, dans une sorte de paroxysme de terreur furieuse, et, ouvrant une porte donnant sur une petite cour jeta l'animal dehors.

Il se tut aussitôt ; et nous restâmes plongés dans un silence plus terrifiant encore. Et soudain tous ensemble, nous eûmes une sorte de sursaut : un être glissait contre le mur du dehors vers la forêt ; puis il passa contre la porte, qu'il sembla tâter, d'une main hésitante ; puis on n'entendit plus rien pendant deux minutes qui firent de nous des insensés ; puis il revint, frôlant toujours la muraille ; et il gratta légèrement, comme ferait un enfant avec son ongle ; puis soudain une tête apparut contre la vitre du judas, une tête blanche avec des yeux lumineux comme ceux des fauves. Et un son sortit de sa bouche, un son indistinct, un murmure plaintif.

Alors un bruit formidable éclata dans la cuisine. Le vieux garde avait tiré. Et aussitôt les fils se précipitèrent, bouchèrent le judas en dressant la grande table qu'ils assujettirent avec le buffet.

Et je vous jure qu'au fracas du coup de fusil que je n'attendais point, j'eus une telle angoisse du cœur, de l'âme et du corps, que je me sentis défaillir, prêt à mourir de peur.

Nous restâmes là jusqu'à l'aurore, incapables de bouger, de dire un mot, crispés dans un affolement indicible.

On n'osa débarricader la sortie qu'en apercevant, par la fente d'un auvent, un mince rayon de jour.

Au pied du mur, contre la porte, le vieux chien gisait, la gueule brisée d'une balle. Il était sorti de la cour en creusant un trou sous une palissade.

L'homme au visage brun se tut ; puis il ajouta :

- Cette nuit-là pourtant, je ne courus aucun danger ; mais j'aimerais mieux recommencer toutes les heures où j'ai affronté les plus terribles périls, que la seule minute du coup de fusil sur la tête barbue du judas.

La Chute de la maison Usher

Edgar Allan Poe

Traduit en Français par Charles Baudelaire

> Son cœur est un luth suspendu ;
> Sitôt qu'on le touche, il résonne.
> DE BÉRANGER

P endant toute la journée d'automne, journée fuligineuse, sombre et muette, où les nuages pesaient lourd et bas dans le ciel, j'avais traversé seul et à cheval une étendue de pays singulièrement lugubre et, enfin, comme les ombres du soir approchaient, je me trouvai en vue de la mélancolique Maison Usher. Je ne sais comment cela se fit, mais, au premier coup d'œil que je jetai sur le bâtiment, un sentiment d'insupportable tristesse pénétra mon âme. Je dis insupportable, car cette tristesse n'était nullement tempérée par une parcelle de ce sentiment dont l'essence poétique fait presque une volupté, et dont l'âme est généralement saisie en face des images naturelles les plus sombres de la désolation et de la terreur. Je regardais le tableau placé devant moi et, rien qu'à voir la maison et la perspective caractéristique de ce domaine, les murs qui avaient froid, les fenêtres semblables à des yeux distraits, quelques bouquets de joncs vigoureux, quelques troncs d'arbres blancs et dépéris, j'éprouvais cet entier affaissement d'âme, qui, parmi les sensations terrestres, ne peut se mieux comparer qu'à l'arrière-rêverie du mangeur d'opium, à son navrant retour à la vie journalière, à l'horrible et lente retraite du voile. C'était une glace au cœur, un abattement, un malaise, une irrémédiable tristesse de pensée qu'aucun aiguillon de l'imagination ne pouvait raviver ni pousser au grand. Qu'était donc — je m'arrêtai pour y penser — qu'était donc ce je ne sais quoi qui m'énervait ainsi en contemplant la Maison Usher ? C'était un mystère tout à fait insoluble, et je ne pouvais pas lutter contre les pensées ténébreuses qui s'amoncelaient sur moi pendant que j'y réfléchissais. Je fus forcé de me rejeter dans cette conclusion peu satisfaisante, qu'il existe des combinaisons d'objets naturels très simples qui ont la puissance de nous affecter de cette sorte, et que l'analyse de cette puissance gît dans des considérations où nous perdrions pied. Il était possible, pensais-je, qu'une simple différence dans l'arrangement des matériaux de la décoration, des détails du tableau, suffit pour modifier, pour annihiler peut-être cette puissance d'impression douloureuse ; et, agissant d'après cette idée, je conduisis mon cheval vers le bord escarpé d'un noir et lugubre étang, qui, miroir immobile, s'étalait devant le bâtiment ; et je regardai, mais avec un frisson plus pénétrant encore que la première fois, les images répercutées et renversées des joncs grisâtres, des troncs d'arbres sinistres, et des fenêtres semblables à des yeux sans pensée.

C'était néanmoins dans cet habitacle de mélancolie que je me proposais de séjourner pendant quelques semaines. Son propriétaire, Roderick Usher, avait été l'un de mes bons camarades d'enfance ; mais plusieurs années s'étaient écoulées depuis notre dernière entrevue. Une lettre cependant m'était parvenue récemment dans une partie lointaine du pays, une lettre de lui, dont la tournure follement pressante n'admettait pas d'autre réponse que ma présence même. L'écriture portait la trace d'une agitation nerveuse ; l'auteur de cette lettre me parlait d'une maladie physique aiguë, d'une affection mentale qui l'oppressait, et d'un ardent désir de me voir, comme étant son meilleur et véritablement son seul ami, espérant trouver dans la joie de ma société quelque soulagement à son mal. C'était le ton dans lequel toutes ces choses et bien d'autres encore étaient dites, c'était cette ouverture d'un cœur suppliant, qui ne me permettait pas l'hésitation ; en conséquence, j'obéis immédiatement à ce que je considérais toutefois comme une invitation des plus singulières.

Quoique dans notre enfance nous eussions été camarades intimes, en réalité, je ne savais pourtant que fort peu de chose de mon ami. Une réserve excessive avait toujours été dans ses habitudes. Je savais toutefois qu'il appartenait à une famille très ancienne, qui s'était distinguée depuis un temps immémorial par une sensibilité particulière de tempérament. Cette sensibilité s'était déployée, à travers les âges, dans de nombreux ouvrages d'un art supérieur et s'était manifestée, de vieille date, par les actes répétés d'une charité aussi large que discrète, ainsi que par un amour passionné pour les difficultés, plutôt peut-être que pour les beautés orthodoxes, toujours si facilement reconnaissables, de la science musicale. J'avais appris aussi ce fait très remarquable que la souche de la race d'Usher, si glorieusement ancienne qu'elle fût, n'avait jamais, à aucune époque, poussé de branche durable ; en d'autres termes, que la famille entière ne s'était perpétuée qu'en ligne directe, à quelques exceptions près, très insignifiantes et très passagères. C'était cette absence, pensais-je, tout en rêvant au parfait accord entre le caractère des lieux et le caractère proverbial de la race, et en réfléchissant à l'influence que dans une longue suite de siècles l'un pouvait avoir exercé sur l'autre, c'était peut-être cette absence de branche collatérale et la transmission constante de père en fils du patrimoine et du nom, qui avaient à la longue si bien identifié les deux, que le nom primitif du domaine s'était fondu dans la bizarre et équivoque appellation de Maison Usher, appellation usitée parmi les paysans, et qui semblait dans leur esprit, enfermer la famille et l'habitation de famille.

J'ai dit que le seul effet de mon expérience quelque peu puérile, c'est-à-dire d'avoir regardé dans l'étang, avait été de rendre plus profonde ma première et si singulière impression. Je ne dois pas douter que la conscience de ma superstition croissante, pourquoi ne la définirais-je pas ainsi, n'ait principalement contribué à accélérer cet accroissement. Telle est, je le savais de vieille date, la loi paradoxale de tous les sentiments qui ont la terreur pour base. Et ce fut peut-être l'unique raison qui fit que, quand mes yeux, laissant l'image dans l'étang, se relevèrent vers la maison elle-même une étrange idée me poussa dans l'esprit, une idée, si ridicule, en vérité, que, si j'en fais mention, c'est seulement pour montrer la force vive des sensations qui m'oppressaient. Mon imagination avait si bien travaillé que je croyais réellement qu'autour de l'habitation et du domaine planait une atmosphère qui lui était particulière, ainsi qu'aux environs les plus proches, une atmosphère qui n'avait pas d'affinité avec l'air du ciel, mais qui s'exhalait des arbres dépéris, des murailles grisâtres et de l'étang silencieux, une vapeur mystérieuse et pestilentielle, à peine visible, lourde, paresseuse et d'une couleur plombée.

Je secouai de mon esprit ce qui ne pouvait être qu'un rêve, et j'examinai avec plus d'attention l'aspect réel du bâtiment. Son caractère dominant semblait être celui d'une excessive antiquité. La décoloration produite par les siècles était grande. De menues fongosités recouvraient toute la face extérieure et la tapissaient, à partir du toit, comme une fine étoffe curieusement brodée. Mais tout cela n'impliquait aucune détérioration extraordinaire. Aucune partie de la maçonnerie n'était tombée, et il semblait qu'il y eût une contradiction étrange entre la consistance générale intacte de toutes ses parties et l'état particulier des pierres émiettées, qui me rappelaient complètement la spécieuse intégrité de ces vieilles boiseries qu'on a laissées longtemps pourrir dans quelque cave oubliée, loin du souffle de l'air extérieur. A part cet indice d'un vaste délabrement, l'édifice ne donnait aucun symptôme de fragilité. Peut-être l'œil d'un observateur minutieux aurait-il découvert une fissure à peine visible qui, partant du toit de la façade, se frayait une route en zigzag à travers le mur et allait se perdre dans les eaux funestes de l'étang.

Tout en remarquant ces détails, je suivis à cheval une courte chaussée qui me menait à la maison. Un valet de chambre prit mon cheval, et j'entrai sous la voûte gothique du vestibule. Un domestique, au pas furtif, me conduisit en silence à travers maint passage obscur et compliqué vers le cabinet de son maître. Bien des choses que je rencontrai dans cette promenade contribuèrent, je ne sais comment, à renforcer les sensations vagues dont j'ai déjà parlé. Les objets qui m'entouraient, les sculptures des plafonds, les sombres tapisseries des murs, la noirceur d'ébène des parquets et les fantasmagoriques trophées armoriaux qui bruissaient, ébranlés par ma marche précipitée, étaient choses bien connues de moi. Mon enfance avait été accoutumée à des spectacles analogues, et, quoique je les reconnusse sans hésitation pour des choses qui m'étaient familières, j'admirais quelles pensées insolites ces images ordinaires évoquaient en moi. Sur l'un des escaliers, je rencontrai le médecin de la famille. Sa physionomie, à ce qu'il me sembla, portait une expression mêlée de malignité basse et de perplexité. Il me croisa précipitamment et passa. Le domestique ouvrit alors une porte et m'introduisit en présence de son maître.

La chambre dans laquelle je me trouvais était très grande et très haute ; les fenêtres, longues, étroites, et à une telle distance du noir plancher de chêne qu'il était absolument impossible d'y atteindre. De faibles rayons d'une lumière cramoisie se frayaient un chemin à travers les carreaux treillissés et rendaient suffisamment distincts les principaux objets environnants ; l'œil néanmoins s'efforçait en vain d'atteindre les angles lointains de la chambre ou les enfoncements du plafond arrondi en voûte et sculpté. De sombres draperies tapissaient les murs. L'ameublement général était extravagant, incommode, antique et délabré. Une masse de livres et d'instruments de musique gisait éparpillée çà et là, mais ne suffisait pas à donner une vitalité quelconque au tableau. Je sentais que je respirais une atmosphère de chagrin. Un air de mélancolie âpre, profonde, incurable, planait sur tout et pénétrait tout.

À mon entrée, Usher se leva d'un canapé sur lequel il était couché tout de son long et m'accueillit avec-une chaleureuse vivacité, qui ressemblait fort — telle fut, du moins, ma première pensée — à une cordialité emphatique, à l'effort d'un homme du monde ennuyé, qui obéit à une circonstance. Néanmoins, un coup d'œil jeté sur sa physionomie me convainquit de sa parfaite sincérité. Nous nous assîmes, et pendant quelques moments, comme il restait muet, je le contemplai avec un sentiment moitié de pitié et moitié d'effroi. À coup sûr, jamais homme n'avait aussi terriblement changé, et en aussi peu de temps, que Roderick Usher ! Ce n'était qu'avec peine que je pouvais consentir à admettre l'identité de l'homme placé en face de moi avec le compagnon de mes premières années. Le caractère de sa physionomie avait toujours été remarquable. Un teint cadavéreux, un œil large, liquide et lumineux au-delà de toute comparaison, des lèvres un peu minces et très pâles, mais d'une courbe merveilleusement belle, un nez d'un moule hébraïque, très délicat, mais d'une ampleur de narines qui s'accorde rarement avec une pareille forme, un menton d'un modèle charmant, mais qui, par un manque de saillie, trahissait un manque d'énergie morale, des cheveux d'une douceur et d'une ténuité plus qu'arachnéennes, tous ces traits, auxquels il faut ajouter un développement frontal excessif, lui faisaient une physionomie qu'il n'était pas facile d'oublier. Mais actuellement, dans la simple exagération du caractère de cette figure et de l'expression qu'elle présentait habituellement, il y avait un tel changement, que je doutais de l'homme à qui je parlais. La pâleur maintenant spectrale de la peau et l'éclat maintenant miraculeux de l'œil me saisissaient particulièrement et même m'épouvantaient. Puis il avait laissé croître indéfiniment ses cheveux sans s'en apercevoir et, comme cet étrange tourbillon aranéeux flottait plutôt qu'il ne tombait autour de sa face, je ne pouvais, même avec de la bonne volonté, trouver dans leur étonnant style arabesque rien qui rappelât la simple humanité.

Je fus tout d'abord frappé d'une certaine incohérence, d'une inconsistance dans les manières de mon ami, et je découvris bientôt que cela provenait d'un effort incessant, aussi faible que puéril, pour maîtriser une trépidation habituelle, une excessive agitation nerveuse. Je m'attendais bien à quelque chose dans ce genre, et j'y avais été préparé non seulement par sa lettre, mais aussi par le souvenir de certains traits de son enfance et par des conclusions déduites de sa singulière conformation physique et de son tempérament. Son action était alternativement vive et indolente. Sa voix passait rapidement d'une indécision tremblante, quand les esprits vitaux semblaient entièrement absents, à cette espèce de brièveté énergique, à cette énonciation abrupte, solide, pausée et sonnant le creux, à ce parler guttural et rude, parfaitement balancé et modulé, qu'on peut observer chez le parfait ivrogne ou l'incorrigible mangeur d'opium pendant les périodes de leur plus intense excitation.

Ce fut dans ce ton qu'il parla de l'objet de ma visite, de son ardent désir de me voir, et de la consolation qu'il attendait de moi. Il s'étendit assez longuement et s'expliqua à sa manière sur le caractère de sa maladie. C'était, disait-il, un mal de famille, un mal constitutionnel, un mal pour lequel il désespérait de trouver un remède, une simple affection nerveuse, ajouta-t-il immédiatement, dont, sans doute, il serait bientôt délivré. Elle se manifestait par une foule de sensations extranaturelles. Quelques-unes, pendant qu'il me les décrivait, m'intéressèrent et me confondirent ; il se peut cependant que les termes et le ton de son débit y aient été pour beaucoup. Il souffrait vivement d'une acuité morbide des sens ; les aliments les plus simples étaient pour lui les seuls tolérables ; il ne pouvait porter, en fait de vêtements, que certains tissus ; toutes les odeurs de fleurs le suffoquaient ; une lumière, même faible, lui torturait les yeux ; et il n'y avait que quelques sons particuliers, c'est-à-dire ceux des instruments à corde, qui ne lui inspirassent pas d'horreur.

Je vis qu'il était l'esclave subjugué d'une espèce de terreur tout à fait anormale. — Je mourrai, — dit-il, — il *faut* que je meure de cette déplorable folie. C'est ainsi, ainsi, et non pas autrement, que je périrai. Je redoute les événements à venir, non en eux-mêmes, mais dans leurs résultats. Je frissonne à la pensée d'un incident quelconque, du genre le plus vulgaire, qui peut opérer sur cette intolérable agitation de mon âme. Je n'ai vraiment pas horreur du danger, excepté dans son effet positif, — la terreur. Dans cet état d'énervation, — état pitoyable, — je sens que tôt ou tard le moment viendra où la vie et la raison m'abandonneront à la fois, dans quelque lutte inégale avec le sinistre fantôme, — LA PEUR !

J'appris aussi, par intervalles, et par des confidences hachées, des demi-mots et des sous-entendus, une autre particularité de sa situation morale. Il était dominé par certaines impressions superstitieuses relatives au manoir qu'il habitait, et d'où il n'avait pas osé sortir depuis plusieurs années, — relatives à une influence dont il traduisait la force supposée en des termes trop ténébreux pour être rapportés ici, — une influence que quelques particularités dans la forme même et dans la matière du manoir héréditaire avaient, par l'usage de la souffrance, disait-il, imprimée sur son esprit, — un effet que le *physique* des murs gris, des tourelles et de l'étang noirâtre où se mirait tout le bâtiment, avait à la longue créé sur le *moral* de son existence.

Il admettait toutefois, mais non sans hésitation, qu'une bonne part de la mélancolie singulière dont il était affligé pouvait être attribuée à une origine plus naturelle et beaucoup plus positive, — à la maladie cruelle et déjà ancienne, — enfin, à la mort évidemment prochaine d'une sœur tendrement aimée, — sa seule société depuis de longues années, — sa dernière et sa seule parente sur la terre. — Sa mort, — dit-il avec une amertume que je n'oublierai jamais, — me laissera, — moi, le frêle et le désespéré, — dernier de l'antique race des Usher. — Pendant qu'il parlait, lady Madeline, — c'est ainsi qu'elle se nommait, — passa lentement dans une partie reculée de la chambre, et disparut sans avoir pris garde à ma présence. Je la regardai avec un immense étonnement, où se mêlait quelque terreur ; mais il me sembla impossible de me rendre compte de mes sentiments. Une sensation de stupeur m'oppressait pendant que mes yeux suivaient ses pas qui s'éloignaient. Lorsque enfin une porte se fut fermée sur elle, mon regard chercha instinctivement et curieusement la physionomie de son frère ; — mais il avait plongé sa face dans ses mains, et je pus voir seulement qu'une pâleur plus qu'ordinaire s'était répandue sur les doigts amaigris, à travers lesquels filtrait une pluie de larmes passionnées.

La maladie de lady Madeline avait longtemps bafoué la science de ses médecins. Une apathie fixe, un épuisement graduel de sa personne, et des crises fréquentes, quoique passagères, d'un caractère presque cataleptique, en étaient les diagnostics très singuliers. Jusque-là, elle avait bravement porté le poids de la maladie et ne s'était pas encore résignée à se mettre au lit ; mais, sur la fin du soir de mon arrivée au château, elle cédait — comme son frère me le dit dans la nuit avec une inexprimable agitation — à la puissance écrasante du fléau, et j'appris que le coup d'œil que j'avais jeté sur elle serait probablement le dernier, — que je ne verrais plus la dame, vivante du moins.

Pendant les quelques jours qui suivirent, son nom ne fut prononcé ni par Usher ni par moi ; et durant cette période je m'épuisai en efforts pour alléger la mélancolie de mon ami. Nous peignîmes et nous lûmes ensemble ; ou bien j'écoutais, comme dans un rêve, ses étranges improvisations sur son éloquente guitare. Et ainsi, à mesure qu'une intimité de plus en plus étroite m'ouvrait plus familièrement les profondeurs de son âme, je reconnaissais plus amèrement la vanité de tous mes efforts pour ranimer un esprit, d'où la nuit, comme une propriété qui lui aurait été inhérente, déversait sur tous les objets de l'univers physique et moral une irradiation incessante de ténèbres.

Je garderai toujours le souvenir de maintes heures solennelles que j'ai passées seul avec le maître de la Maison Usher. Mais j'essaierais vainement de définir le caractère exact des études ou des occupations dans lesquelles il m'entraînait ou me montrait le chemin. Une idéalité ardente, excessive, morbide, projetait sur toutes choses sa lumière sulfureuse. Ses longues et funèbres improvisations résonneront éternellement dans mes oreilles. Entre autres choses, je me rappelle douloureusement une certaine paraphrase singulière, — une perversion de l'air, déjà fort étrange, de la dernière valse de Von Weber. Quant aux peintures que couvait sa laborieuse fantaisie, et qui arrivaient, touche par touche, à un vague qui me donnait le frisson, un frisson d'autant plus pénétrant que je frissonnais sans savoir pourquoi, — quant à ces peintures, si vivantes pour moi que j'ai encore leurs images dans mes yeux, — j'essaierais vainement d'en extraire un échantillon suffisant, qui pût tenir dans le compas de la parole écrite. Par l'absolue simplicité, par la nudité de ses dessins, il arrêtait, il subjuguait l'attention. Si jamais mortel peignit une idée, ce mortel fût Roderick Usher. Pour moi, du moins, — dans les circonstances qui m'entouraient, — il s'élevait, des pures abstractions que l'hypocondriaque s'ingéniait à jeter sur sa toile, une terreur intense, irrésistible, dont je n'ai jamais senti l'ombre dans la contemplation des rêveries de Fuseli lui-même, éclatantes sans doute, mais encore trop concrètes.

Il est une des conceptions fantasmagoriques de mon ami où l'esprit d'abstraction n'avait pas une part aussi exclusive, et qui peut être esquissée, quoique faiblement, par la parole. C'était un petit tableau représentant l'intérieur d'une cave ou d'un souterrain immensément long, rectangulaire, avec des murs bas, polis, blancs, sans aucun ornement, sans aucune interruption. Certains détails accessoires de la composition servaient à faire comprendre que cette galerie se trouvait à une profondeur excessive au-dessous de la surface de la terre. On n'apercevait aucune issue dans son immense parcours ; on ne distinguait aucune torche, aucune source artificielle de lumière ; et cependant une effusion de rayons intenses roulait de l'un à l'autre bout et baignait le tout d'une splendeur fantastique et incompréhensible.

J'ai dit un mot de l'état morbide du nerf acoustique, qui rendait pour le malheureux toute musique intolérable, excepté certains effets des instruments à corde. C'étaient peut-être les étroites limites dans lesquelles il avait confiné son talent sur la guitare qui avaient, en grande partie, imposé à ses compositions leur caractère fantastique. Mais quant à la brûlante facilité de ses improvisations, on ne pouvait s'en rendre compte de la même manière. Il fallait évidemment qu'elles fussent et elles étaient, en effet, dans les notes aussi bien que dans les paroles de ses étranges fantaisies, — car il accompagnait souvent sa musique de paroles improvisées et rimées, — le résultat de cet intense recueillement et de cette concentration des forces mentales, qui ne se manifestent, comme je l'ai déjà dit, que dans les cas, particuliers de la plus haute excitation artificielle. D'une de ces rhapsodies je me suis rappelé facilement les paroles. Peut-être m'impressionna-t-elle plus fortement, quand il me la montra, parce que dans le sens intérieur et mystérieux de l'œuvre je crus découvrir pour la première fois qu'Usher avait pleine conscience de son état, qu'il sentait que sa sublime raison chancelait sur son trône. Ces vers, qui avalent pour titre *Le Palais hanté*, étaient, à très peu de chose près, tels que je les cite :

I -
Dans la plus verte de nos vallées,
Par les bons anges habitée,
Autrefois un beau et majestueux palais,
— Un rayonnant palais, — dressait son front.
C'était dans le domaine du monarque Pensée,
C'était là qu'il s'élevait :
Jamais séraphin ne déploya son aile
Sur un édifice à moitié aussi beau.
II -
Des bannières blondes. superbes, dorées,
À son dôme flottaient et ondulaient ;
(C'était, — tout cela, c'était dans le vieux,
Dans le très vieux temps,)
Et, à chaque douce brise qui se jouait
Dans ces suaves journées,
Le long des remparts chevelus et pâles,
S'échappait un parfum ailé.
III -
Les voyageurs, dans cette heureuse vallée,
A travers deux fenêtres lumineuses, voyaient
Des esprits qui se mouvaient harmonieusement
Au commandement d'un luth bien accordé.
Tout autour d'un trône, où, siégeant
— Un vrai Porphyrogénète, celui-là ! —
Dans un apparat digne de sa gloire,
Apparaissait le maître du royaume.
IV -
Et tout étincelante de nacre et de rubis
Était la porte du beau palais,
Par laquelle coulait à flots, à flots, à flots,

Et pétillait incessamment
Une troupe d'Echos dont l'agréable fonction
Était simplement de chanter,
Avec des accents d'une exquise beauté,
L'esprit et la sagesse de leur roi.

V -

Mais des êtres de malheur, en robes de deuil,
Ont assailli la haute autorité du monarque.
— Ah ! pleurons ! Car jamais l'aube d'un lendemain
Ne brillera sur lui, le désolé ! —
Et tout autour de sa demeure, la gloire
Qui s'empourprait et florissait
N'est plus qu'une histoire, souvenir ténébreux
Des vieux âges défunts.

VI -

Et maintenant les voyageurs, dans cette vallée,
A travers les fenêtres rougeâtres, voient
De vastes formes qui se meuvent fantastiquement
Aux sons d'une musique discordante ;
Pendant que, comme une rivière rapide et lugubre,
À travers la porte pâle,
Une hideuse multitude se rue éternellement ;
Qui va éclatant de rire, — ne pouvant plus sourire.

Je me rappelle fort bien que les inspirations naissant de cette ballade nous jetèrent dans un courant d'idées, au milieu duquel se manifesta une opinion d'Usher que je cite, non pas tant en raison de sa nouveauté, — car d'autres hommes ont pensé de même, — qu'à cause de l'opiniâtreté avec laquelle il la soutenait. Cette opinion, dans sa forme générale, n'était autre que la croyance à la sensitivité de tous les êtres végétaux. Mais dans son imagination déréglée, l'idée avait pris un caractère encore plus audacieux, et qui empiétait, dans certaines conditions, jusque sur le règne inorganique. Les mots me manquent pour exprimer toute l'étendue, tout le sérieux, tout l'*abandon* de sa foi. Cette croyance toutefois se rattachait — comme je l'ai déjà donné à entendre — aux pierres grises du manoir de ses ancêtres. Ici, les conditions de sensitivité étaient remplies, à ce qu'il imaginait, par la méthode qui avait présidé à la construction, — par la disposition respective des pierres, aussi bien que de toutes les fongosités dont elles étaient revêtues, et des arbres ruinés qui s'élevaient à l'entour, — mais surtout par l'immutabilité de cet arrangement et par sa répercussion dans les eaux dormantes de l'étang. La preuve, — la preuve de cette sensitivité se faisait voir — disait-il, et je l'écoutais alors avec l'inquiétude, — dans la condensation graduelle mais positive, au-dessus des eaux, autour des murs, d'une atmosphère qui leur était propre. Le résultat, — ajoutait-il, — se déclarait dans cette influence muette, mais importune et terrible qui, depuis des siècles avait pour ainsi dire moulé les destinées de sa famille, et qui le faisait, *lui*, tel que je le voyais maintenant, — tel qu'il était. De pareilles opinions n'ont pas besoin de commentaires, et je n'en ferai pas.

Nos livres, — les livres qui depuis des années constituaient une grande partie de l'existence spirituelle du malade, — étaient, comme on le suppose bien, en accord parfait avec ce caractère de visionnaire. Nous analysions ensemble des ouvrages tels que le *Vert-Vert et la Chartreuse*, de Gresset ; le *Belphégor*, de Machiavel ; *les Merveilles du Ciel et de l'Enfer*, de Swedenborg ; le *Voyage souterrain de Nicholas Klimm*, par Holberg ; *la Chiromancie*, de Roben Flud, de Jean d'Indaginé et de De la Chambre ; *le Voyage dans le Bleu*, de Tieck, et *la Cité du Soleil*, de Campanella. Un de ses volumes favoris était une petite édition in-octavo du *Directorium inquisitorium*, par le dominicain Eymeric de Gironne ; et il y avait des passages dans Pomponius Méla, à propos des anciens satyres africains et des Ægipans, sur lesquels Usher rêvassait pendant des heures. Il faisait néanmoins ses principales délices de la lecture d'un in-quarto gothique excessivement rare et curieux — le manuel d'une église oubliée, — les *Vigiliæ Mortuorum secundum Chorum Ecclesiæ Maguntinæ*.

Je songeais malgré moi à l'étrange rituel contenu dans ce livre et à son influence probable sur l'hypocondriaque, quand, un soir, m'ayant informé brusquement que lady Madeline n'existait plus, il annonça l'intention de conserver le corps pendant une quinzaine — en attendant l'enterrement définitif — dans un des nombreux caveaux situés sous les gros murs du château. La raison humaine qu'il donnait de cette singulière manière d'agir était une de ces raisons que je ne me sentais pas le droit de contredire. Comme frère, — me disait-il, — il avait pris cette résolution en considération du caractère insolite de la maladie de la défunte, d'une certaine curiosité importune et indiscrète de la part des hommes de science, et de la situation éloignée et fort exposée du caveau de famille. J'avouerai que, quand je me rappelai la physionomie sinistre de l'individu que j'avais rencontré sur l'escalier, le soir de mon arrivée au château, je n'eus pas envie de m'opposer à ce que je regardais comme une précaution bien innocente, sans doute, mais certainement fort naturelle.

À la prière d'Usher, je l'aidai personnellement dans les préparatifs de cette sépulture temporaire. Nous mîmes le corps dans la bière et, à nous deux, nous le portâmes à son lieu de repos. Le caveau dans lequel nous le déposâmes, — et qui était resté fermé depuis si longtemps que nos torches, à moitié étouffées dans cette atmosphère suffocante, ne nous permettaient guère d'examiner les lieux, — était petit, humide, et n'offrait aucune voie à la lumière du jour ; il était situé à une grande profondeur, juste au-dessous de cette partie du bâtiment où se trouvait ma chambre à coucher. Il avait rempli probablement, dans les vieux temps féodaux, l'horrible office d'oubliettes et, dans les temps postérieurs, de cave à serrer la poudre ou toute autre matière facilement inflammable ; car une partie du sol et toutes les parois d'un long vestibule que nous traversâmes pour y arriver étaient soigneusement revêtues de cuivre. La porte, de fer massif, avait été l'objet des mêmes précautions. Quand ce poids immense roulait sur ses gonds, il rendait un son singulièrement aigu et discordant.

Nous déposâmes donc notre fardeau funèbre sur des tréteaux dans cette région d'horreur ; nous tournâmes un peu de côté le couvercle de la bière qui n'était pas encore vissé, et nous regardâmes la face du cadavre. Une ressemblance frappante entre le frère et la sœur fixa tout d'abord mon attention ; et Usher, devinant peut-être mes pensées, murmura quelques paroles qui m'apprirent que la défunte et lui étaient jumeaux, et que des sympathies d'une nature presque inexplicable avaient toujours existé entre eux. Nos regards, néanmoins, ne restèrent pas longtemps fixés sur la morte, — car nous ne pouvions pas la contempler sans effroi. Le mal qui avait mis au tombeau lady Madeline dans la plénitude de sa jeunesse avait laissé, comme cela arrive ordinairement dans toutes les maladies d'un caractère strictement cataleptique, l'ironie d'une faible coloration sur le sein et sur la face, et sur la lèvre ce sourire équivoque et languissant qui est si terrible dans la mort. Nous replaçâmes et nous vissâmes le couvercle et, après avoir assujetti la porte de fer, nous reprîmes avec lassitude notre chemin vers les appartements supérieurs, qui n'étaient guère moins mélancoliques.

Et alors, après un laps de quelques jours pleins du chagrin le plus amer, il s'opéra un changement visible dans les symptômes de la maladie morale de mon ami. Ses manières ordinaires avaient disparu. Ses occupations habituelles étaient négligées, oubliées. Il errait de chambre en chambre d'un pas précipité, inégal, et sans but. La pâleur de sa physionomie avait revêtu une couleur peut-être encore plus spectrale ; — mais la propriété lumineuse de son œil avait entièrement disparu. Je n'entendais plus ce ton de voix âpre qu'il prenait autrefois à l'occasion ; et un tremblement qu'on eût dit causé par une extrême terreur caractérisait habituellement sa prononciation. Il m'arrivait quelquefois, en vérité, de me figurer que son esprit incessamment agité, était travaillé par quelque suffocant secret, et qu'il ne pouvait trouver le courage nécessaire pour le révéler. D'autres fois, j'étais obligé de conclure simplement aux bizarreries inexplicables de la folie ; car je le voyais regardant dans le vide pendant de longues heures, dans l'attitude de la plus profonde attention, comme s'il écoutait un bruit imaginaire. Il ne faut pas s'étonner que son état m'effrayât, — qu'il m'infectât même. Je sentais se glisser en moi, par une gradation lente mais sûre, l'étrange influence de ses superstitions fantastiques et contagieuses.

Ce fut particulièrement une nuit, la septième ou la huitième depuis que nous avions déposé lady Madeline dans le caveau, — fort tard, avant de me mettre au lit, que j'éprouvai toute la puissance de ces sensations. Le sommeil ne voulait pas approcher de ma couche ; — les heures, une à une, tombaient, tombaient toujours. Je m'efforçai de raisonner l'agitation nerveuse qui me dominait. J'essayai de me persuader que je devais ce que j'éprouvais, en partie sinon absolument, à l'influence prestigieuse du mélancolique ameublement de la chambre, — des sombres draperies déchirées, qui, tourmentées par le souffle d'un orage naissant, vacillaient çà et là sur les murs, comme par accès, et bruissaient douloureusement autour des ornements du lit.

Mais mes efforts furent vains. Une insurmontable terreur pénétra graduellement tout mon être ; et à la longue une angoisse sans motif, un vrai cauchemar, vint s'asseoir sur mon cœur. Je respirai violemment, je fis un effort, je parvins à le secouer ; et, me soulevant sur les oreillers, et plongeant ardemment mon regard dans l'épaisse obscurité de la chambre, je prêtai l'oreille — je ne saurais dire pourquoi, si ce n'est que j'y fus poussé par une force instinctive, — à certains sons bas et vagues qui partaient je ne sais d'où, et qui m'arrivaient à de longs intervalles, à travers les accalmies de la tempête. Dominé par une sensation intense d'horreur, inexplicable et intolérable, je mis mes habits à la hâte, — car je sentais que je ne pourrais pas dormir de la nuit, — et je m'efforçai, en marchant çà et là à grands pas dans la chambre, de sortir de l'état déplorable dans lequel j'étais tombé.

J'avais à peine fait ainsi quelques tours, quand un pas léger sur un escalier voisin arrêta mon attention. Je reconnus bientôt que c'était le pas d'Usher. Une seconde après, il frappa doucement à ma porte, et entra, une lampe à la main. Sa physionomie était, comme d'habitude, d'une pâleur cadavéreuse, — mais il y avait en outre dans ses yeux je ne sais quelle hilarité insensée, — et dans toutes ses manières une espèce d'hystérie évidemment contenue. Son air m'épouvanta ; — mais tout était préférable à la solitude que j'avais endurée si longtemps, et j'accueillis sa présence comme un soulagement.

- Et vous n'avez pas vu cela ? — dit-il brusquement, après quelques minutes de silence et après avoir promené autour de lui un regard fixe, — vous n'avez donc pas vu cela ? — Mais attendez ! Vous le verrez ! — Tout en parlant ainsi, et ayant soigneusement abrité sa lampe, il se précipita vers une des fenêtres, et l'ouvrit toute grande à la tempête.

L'impétueuse furie de la rafale nous enleva presque du sol. C'était vraiment une nuit d'orage affreusement belle, une nuit unique et étrange dans son horreur et sa beauté. Un tourbillon s'était probablement concentré dans notre voisinage ; car il y avait des changements fréquents et violents dans la direction du vent, et l'excessive densité des nuages, maintenant descendus si bas qu'ils pesaient presque sur les tourelles du château, ne nous empêchait pas d'apprécier la vélocité vivante avec laquelle ils accouraient l'un contre l'autre de tous les points de l'horizon, au lieu de se perdre dans l'espace. Leur excessive densité ne nous empêchait pas de voir ce phénomène ; pourtant nous n'apercevions pas un brin de lune ni d'étoiles, et aucun éclair ne projetait sa lueur. Mais les surfaces inférieures de ces vastes masses de vapeurs cahotées, aussi bien que tous les objets terrestres situés dans notre étroit horizon, réfléchissaient la clarté surnaturelle d'une exhalaison gazeuse qui pesait sur la maison et l'enveloppait dans un linceul presque lumineux et distinctement visible.

- Vous ne devez pas voir cela ! — Vous ne contemplerez pas cela ! — dis-je en frissonnant à Usher ; et je le ramenai avec une douce violence de la fenêtre vers un fauteuil. — Ces spectacles qui vous mettent hors de vous sont des phénomènes purement électriques et fort ordinaires, — ou peut-être tirent-ils leur funeste origine des miasmes fétides de l'étang. Fermons cette fenêtre ; — l'air est glacé et dangereux pour votre constitution. Voici un de vos romans favoris. Je lirai, et vous écouterez ; — et nous passerons ainsi cette terrible nuit ensemble.

L'antique bouquin sur lequel j'avais mis la main était le *Mad Trist*, de Sir Launcelot Canning ; mais je l'avais décoré du titre de livre favori d'Usher par plaisanterie ; — triste plaisanterie, car, en vérité, dans sa niaise et baroque prolixité, il n'y avait pas grande pâture pour la haute spiritualité de mon ami. Mais c'était le seul livre que j'eusse immédiatement sous la main ; et je me berçais du vague espoir que l'agitation qui tourmentait l'hypocondriaque trouverait du soulagement (car l'histoire des maladies mentales est pleine d'anomalies de ce genre) dans l'exagération même des folies que j'allais lui lire. À en juger par l'air d'intérêt étrangement tendu avec lequel il écoutait ou feignait d'écouter les phrases du récit, j'aurais pu me féliciter du succès de ma ruse.

J'étais arrivé à cette partie si connue de l'histoire où Ethelred, le héros du livre, ayant en vain cherché à entrer à l'amiable dans la demeure d'un ermite, se met en devoir de s'introduire par la force. Ici, on s'en souvient, le narrateur s'exprime ainsi :

« Et Ethelred, qui était par nature un cœur vaillant, et qui maintenant était aussi très fort, en raison de l'efficacité du vin qu'il avait bu, n'attendit pas plus longtemps pour parlementer avec l'ermite, qui avait, en vérité, l'esprit tourné à l'obstination et à la malice, mais, sentant la pluie sur ses épaules, et craignant l'explosion de la tempête, il leva bel et bien sa massue, et avec quelques coups fraya bien vite un chemin, à travers les planches de la porte, à sa main gantée de fer ; et, tirant avec sa main vigoureusement à lui, il fit craquer, et se fendre, et sauter le tout en morceaux, si bien que le bruit du bois sec et sonnant le creux porta l'alarme et fut répercuté d'un bout à l'autre de la forêt. »

À la fin de cette phrase je tressaillis et je fis une pause ; car il m'avait semblé, — mais je conclus bien vite à une illusion de mon imagination, — il m'avait semblé que d'une partie très reculée du manoir était venu confusément à mon oreille un bruit, qu'on eût dit, à cause de son exacte analogie, l'écho étouffé, amorti, de ce bruit de craquement et d'arrachement si précieusement décrit par sir Launcelot. Évidemment, c'était la coïncidence seule qui avait arrêté mon attention ; car, parmi le claquement des châssis des fenêtres et tous les bruits confus de la tempête toujours croissante, le son en lui-même n'avait rien vraiment qui pût m'intriguer ou me troubler. Je continuai le récit :

« Mais Ethelred, le solide champion, passant alors la porte, fut grandement furieux et émerveillé de n'apercevoir aucune trace du malicieux ermite, mais en son lieu et place un dragon d'une apparence monstrueuse et écailleuse, avec une langue de feu, qui se tenait en sentinelle devant un palais d'or, dont le plancher était d'argent ; et sur le mur était suspendu un bouclier d'airain brillant, avec cette légende gravée dessus :

Celui-là qui entre ici a été le vainqueur ;

Celui-là qui tue le dragon, il aura gagné le bouclier

« Et Ethelred leva sa massue et frappa sur la tête du dragon, qui tomba devant lui et rendît son souffle empesté avec un rugissement si épouvantable, si âpre et si perçant à la fois, qu'Ethelred fut obligé de se boucher les oreilles avec ses mains, pour se garantir de ce bruit terrible, tel qu'il n'en avait jamais entendu de semblable. »

Ici je fis brusquement une nouvelle pause, et cette fois avec un sentiment de violent étonnement, car il n'y avait pas lieu à douter que je n'eusse réellement entendu (dans quelle direction, il m'était impossible de le deviner) un son affaibli et comme lointain, mais âpre, prolongé, singulièrement perçant et grinçant, l'exacte contrepartie du cri surnaturel du dragon décrit par le romancier, et tel que mon imagination se l'était déjà figuré.

Oppressé, comme je l'étais évidemment lors de cette seconde et très extraordinaire coïncidence, par mille sensations contradictoires, parmi lesquelles dominaient un étonnement et une frayeur extrêmes, je gardai néanmoins assez de présence d'esprit pour éviter d'exciter par une observation quelconque la sensibilité nerveuse de mon camarade. Je n'étais pas du tout sûr qu'il eût remarqué les bruits en question, quoique bien certainement une étrange altération se fût depuis ces dernières minutes manifestée dans son maintien. De sa position primitive, juste vis-à-vis de moi, il avait peu à peu tourné son fauteuil de manière à se trouver assis la face tournée vers la porte de la chambre ; en sorte que je ne pouvais pas voir ses traits d'ensemble, quoique je m'aperçusse bien que ses lèvres tremblaient comme elles murmuraient quelque chose d'insaisissable. Sa tête était tombée sur sa poitrine ; cependant, je savais qu'il n'était pas endormi ; l'œil que j'entrevoyais de profil était béant et fixe. D'ailleurs, le mouvement de son corps contredisait aussi cette idée, car il se balançait d'un côté à l'autre avec un mouvement très doux, mais constant et uniforme. Je remarquai rapidement tout cela, et je repris le récit de sir Launcelot, qui continuait ainsi :

« Et maintenant, le brave champion ayant échappé à la terrible furie du dragon, se souvenant du bouclier d'airain, et que l'enchantement qui était dessus était rompu, écarta le cadavre de devant son chemin et s'avança courageusement, sur le pavé d'argent du château, vers l'endroit du mur où pendait le bouclier, lequel, en vérité, n'attendit pas qu'il fût arrivé tout auprès, mais tomba à ses pieds sur le pavé d'argent avec un puissant et terrible retentissement. »

À peine ces dernières syllabes avaient-elles fui mes lèvres, que, comme si un bouclier d'airain était pesamment tombé, en ce moment même, sur un plancher d'argent, j'en entendis l'écho distinct, profond, métallique, retentissant, mais comme assourdi. J'étais complètement énervé ; je sautai sur mes pieds ; mais Usher n'avait pas interrompu son balancement régulier. Je me précipitai vers le fauteuil où il était toujours assis, ses yeux étaient braqués droit devant lui, et toute sa physionomie était tendue par une rigidité de pierre. Mais, quand je posai la main sur son épaule, un violent frisson parcourut tout son être, un sourire malsain trembla sur ses lèvres, et je vis qu'il parlait bas, très bas, un murmure précipité et inarticulé, comme s'il n'avait pas conscience de ma présence. Je me penchai tout à fait contre lui, et enfin je dévorai l'horrible signification de ses paroles :

- Vous n'entendez pas ? — Moi j'entends, et *j'ai* entendu pendant longtemps, — longtemps, bien longtemps, bien des minutes, bien des heures, bien des jours, j'ai entendu, — mais je n'osais pas, — oh ! pitié pour moi, misérable infortuné que je suis ! — je n'osais pas, je *n'osais pas* parler ! *Nous l'avons mise vivante dans la tombe !* Ne vous ai-je pas dit que mes sens étaient très fins ? Je vous dis *maintenant* que j'ai entendu ses premiers faibles mouvements dans le fond de la bière. Je les ai entendus, — il y a déjà bien des jours, bien des jours, — mais je n'osais pas, — *je n'osais pas parler !* Et maintenant, — cette nuit, — Ethelred, — ha ! ha ! — la porte de l'ermite enfoncée, et le râle du dragon, et le retentissement du bouclier ! — Dites plutôt le bris de sa bière, et le grincement des gonds de fer de sa prison, et son affreuse lutte dans le vestibule de cuivre ! Oh ! où fuir ? Ne sera-telle pas ici tout à l'heure ? N'arrive-t-elle pas pour me reprocher ma précipitation ? N'ai-je pas entendu son pas sur l'escalier ? Est-ce que je ne distingue pas l'horrible et lourd battement de son cœur ! Insensé ! — Ici, il se dressa furieusement sur ses pieds et hurla ses syllabes, comme si dans cet effort suprême il rendait son âme : — *Insensé ! je vous dis qu'elle est maintenant derrière la porte !* À l'instant même, comme si l'énergie surhumaine de sa parole eût acquis la toute-puissance d'un charme, les vastes et antiques panneaux que désignait Usher entrouvrirent lentement leurs lourdes mâchoires d'ébène. C'était l'œuvre d'un furieux coup de vent ; — mais derrière cette porte se tenait alors la haute figure de lady Madeline Usher, enveloppée de son suaire. Il y avait du sang sur ses vêtements blancs, et toute sa personne amaigrie portait les traces évidentes de quelque horrible lutte. Pendant un moment elle resta tremblante et vacillante sur le seuil ; — puis, avec un cri plaintif et profond, elle tomba lourdement en avant sur son frère, et dans sa violente et définitive agonie elle l'entraîna à terre, — cadavre maintenant et victime de ses terreurs anticipées.

Je m'enfuis de cette chambre et de ce manoir, frappé d'horreur. La tempête était encore dans toute sa rage quand je franchissais la vieille avenue. Tout d'un coup, une lumière étrange se projeta sur la route, et je me retournai pour voir d'où pouvait jaillir une lueur si singulière, car je n'avais derrière moi que le vaste château avec toutes ses ombres. Le rayonnement provenait de la pleine lune qui se couchait, rouge de sang, et maintenant brillait vivement à travers cette fissure à peine visible naguère, qui, comme je l'ai dit, parcourait en zigzag le bâtiment depuis le toit jusqu'à la base. Pendant que je regardais, cette fissure s'élargit rapidement ; — il survint une reprise de vent, un tourbillon furieux ; — le disque entier de la planète éclata tout à coup à ma vue. La tête me tourna quand je vis les puissantes murailles s'écrouler en deux. — Il se fit un bruit prolongé, un fracas tumultueux comme la voix de mille cataractes, — et l'étang profond et croupi placé à mes pieds se referma tristement et silencieusement sur les ruines de la *Maison Usher.*

Apparition

Guy de Maupassant

On parlait de séquestration à propos d'un procès récent. C'était à la fin d'une soirée intime, rue de Grenelle, dans un ancien hôtel, et chacun avait son histoire, une histoire qu'il affirmait vraie.

Alors le vieux marquis de la Tour-Samuel, âgé de quatre-vingt-deux ans, se leva et vint s'appuyer à la cheminée. Il dit de sa voix un peu tremblante :

- Moi aussi, je sais une chose étrange, tellement étrange, qu'elle a été l'obsession de ma vie. Voici maintenant cinquante-six ans que cette aventure m'est arrivée, et il ne se passe pas un mois sans que je la revoie en rêve. Il m'est demeuré de ce jour-là une marque, une empreinte de peur, me comprenez-vous ? Oui, j'ai subi l'horrible épouvante, pendant dix minutes, d'une telle façon que depuis cette heure une sorte de terreur constante m'est restée dans l'âme. Les bruits inattendus me font tressaillir jusqu'au cœur ; les objets que je distingue mal dans l'ombre du soir me donnent une envie folle de me sauver. J'ai peur la nuit, enfin.

Oh ! je n'aurais pas avoué cela avant d'être arrivé à l'âge où je suis. Maintenant je peux tout dire. Il est permis de n'être pas brave devant les dangers imaginaires, quand on a quatre-vingt-deux ans. Devant les dangers véritables, je n'ai jamais reculé, Mesdames.

Cette histoire m'a tellement bouleversé l'esprit, a jeté en moi un trouble si profond, si mystérieux, si épouvantable, que je ne l'ai même jamais racontée. Je l'ai gardée dans le fond intime de moi, dans ce fond où l'on cache les secrets pénibles, les secrets honteux, toutes les inavouables faiblesses que nous avons dans notre existence.

Je vais vous dire l'aventure telle quelle, sans chercher à l'expliquer. Il est bien certain qu'elle est explicable, à moins que je n'aie eu mon heure de folie. Mais non, je n'ai pas été fou, et vous en donnerai la preuve. Imaginez ce que vous voudrez. Voici les faits tout simples.

C'était en 1827, au mois de juillet. Je me trouvais à Rouen en garnison.

Un jour, comme je me promenais sur le quai, je rencontrai un homme que je crus reconnaître sans me rappeler au juste qui c'était. Je fis, par instinct, un mouvement pour m'arrêter. L'étranger aperçut ce geste, me regarda et tomba dans mes bras.

C'était un ami de jeunesse que j'avais beaucoup aimé. Depuis cinq ans que je ne l'avais vu, il semblait vieilli d'un demi-siècle. Ses cheveux étaient tout blancs ; et il marchait courbé, comme épuisé. Il comprit ma surprise et me conta sa vie. Un malheur terrible l'avait brisé.

Devenu follement amoureux d'une jeune fille, il l'avait épousée dans une sorte d'extase de bonheur. Après un an d'une félicité surhumaine et d'une passion inapaisée, elle était morte subitement d'une maladie de cœur, tuée par l'amour lui-même, sans doute.

Il avait quitté son château le jour même de l'enterrement, et il était venu habiter son hôtel de Rouen. Il vivait là, solitaire et désespéré, rongé par la douleur, si misérable qu'il ne pensait qu'au suicide.

- Puisque je te retrouve ainsi, me dit-il, je te demanderai de me rendre un grand service, c'est d'aller chercher chez moi dans le secrétaire de ma chambre, de notre chambre, quelques papiers dont j'ai un urgent besoin. Je ne puis charger de ce soin un subalterne ou un homme d'affaires, car il me faut une impénétrable discrétion et un silence absolu. Quant à moi, pour rien au monde je ne rentrerai dans cette maison.

- Je te donnerai la clef de cette chambre que j'ai fermée moi-même en partant, et la clef de son secrétaire. Tu remettras en outre un mot de moi à mon jardinier qui t'ouvrira le château.

- Mais viens déjeuner avec moi demain, et nous causerons de cela.

Je lui promis de lui rendre ce léger service. Ce n'était d'ailleurs qu'une promenade pour moi, son domaine se trouvant situé à cinq lieues de Rouen environ. J'en avais pour une heure à cheval.

À dix heures, le lendemain, j'étais chez lui. Nous déjeunâmes en tête à tête ; mais il ne prononça pas vingt paroles. Il me pria de l'excuser ; la pensée de la visite que j'allais faire dans cette chambre, où gisait son bonheur, le bouleversait, me disait-il. Il me parut en effet singulièrement agité, préoccupé, comme si un mystérieux combat se fût livré dans son âme.

Enfin il m'expliqua exactement ce que je devais faire. C'était bien simple. Il me fallait prendre deux paquets de lettres et une liasse de papiers enfermés dans le premier tiroir de droite du meuble dont j'avais la clef. Il ajouta :

- Je n'ai pas besoin de te prier de n'y point jeter les yeux.

Je fus presque blessé de cette parole, et je le lui dis un peu vivement. Il balbutia :

- Pardonne-moi, je souffre trop.

Et il se mit à pleurer.

Je le quittai vers une heure pour accomplir ma mission.

Il faisait un temps radieux, et j'allais au grand trot à travers les prairies, écoutant des chants d'alouettes et le bruit rythmé de mon sabre sur ma botte.

Puis j'entrai dans la forêt et je mis au pas mon cheval. Des branches d'arbres me caressaient le visage ; et parfois j'attrapais une feuille avec mes dents et je la mâchais avidement, dans une de ces joies de vivre qui vous emplissent, on ne sait pourquoi, d'un bonheur tumultueux et comme insaisissable, d'une sorte d'ivresse de force.

En approchant du château, je cherchai dans ma poche la lettre que j'avais pour le jardinier, et je m'aperçus avec étonnement qu'elle était cachetée. Je fus tellement surpris et irrité que je faillis revenir sans m'acquitter de ma commission. Puis je songeai que j'allais montrer là une susceptibilité de mauvais goût. Mon ami avait pu d'ailleurs fermer ce mot sans y prendre garde, dans le trouble où il était.

Le manoir semblait abandonné depuis vingt ans. La barrière, ouverte et pourrie, tenait debout on ne sait comment. L'herbe emplissait les allées ; on ne distinguait plus les plates-bandes du gazon.

Au bruit que je fis en tapant à coups de pied dans un volet, un vieil homme sortit d'une porte de côté et parut stupéfait de me voir Je sautai à terre et je remis ma lettre. Il la lut, la relut, la retourna, me considéra en dessous, mit le papier dans sa poche et prononça :

- Eh bien ! qu'est-ce que vous désirez ?

Je répondis brusquement :

- Vous devez le savoir, puisque vous avez reçu là-dedans les ordres de votre maître ; je veux entrer dans ce château.

Il semblait atterré. Il déclara :

- Alors, vous allez dans... dans sa chambre ?

Je commençai à m'impatienter.

- Parbleu ! Mais est-ce que vous auriez l'intention de m'interroger, par hasard ?

Il balbutia :

- Non... Monsieur... mais c'est que... c'est qu'elle n'a pas été ouverte depuis... depuis la... mort. Si vous voulez m'attendre cinq minutes, je vais aller... aller voir si...

Je l'interrompis avec colère :

- Ah ! ça voyons, vous fichez-vous de moi ? Vous n'y pouvez pas entrer, puisque voici la clef.

Il ne savait plus que dire.

- Alors, monsieur, je vais vous montrer la route.

- Montrez-moi l'escalier et laissez-moi seul. Je la trouverai bien sans vous.

- Mais... monsieur... cependant...

Cette fois, je m'emportai tout à fait :

- Maintenant, taisez-vous, n'est-ce pas ? ou vous aurez affaire à moi.

Je l'écartai violemment et je pénétrai dans la maison.

Je traversai d'abord la cuisine, puis deux petites pièces que cet homme habitait avec sa femme. Je franchis ensuite un grand vestibule, je montai l'escalier et je reconnus la porte indiquée par mon ami.

Je l'ouvris sans peine et j'entrai.

L'appartement était tellement sombre que je n'y distinguai rien d'abord. Je m'arrêtai, saisi par cette odeur moisie et fade des pièces inhabitées et condamnées, des chambres mortes. Puis, peu à peu, mes yeux s'habituèrent à l'obscurité, et je vis assez nettement une grande pièce en désordre, avec un lit sans draps, mais gardant ses matelas et ses oreillers, dont l'un portait l'empreinte profonde d'un coude ou d'une tête comme si on venait de se poser dessus.

Les sièges semblaient en déroute. Je remarquai qu'une porte, celle d'une armoire sans doute, était demeurée entrouverte.

J'allai d'abord à la fenêtre pour donner du jour et je l'ouvris ; mais les ferrures du contrevent étaient tellement rouillées que je ne pus les faire céder.

J'essayai même de les casser avec mon sabre, sans y parvenir. Comme je m'irritais de ces efforts inutiles, et comme mes yeux s'étaient enfin parfaitement accoutumés à l'ombre, je renonçai à l'espoir d'y voir plus clair et j'allai au secrétaire.

Je m'assis dans un fauteuil, j'abattis la tablette, j'ouvris le tiroir indiqué. Il était plein jusqu'aux bords. Il ne me fallait que trois paquets, que je savais comment reconnaître, et je me mis à les chercher.

Je m'écarquillais les yeux à déchiffrer les suscriptions, quand je crus entendre ou plutôt sentir un frôlement derrière moi. Je n'y pris point garde, pensant qu'un courant d'air avait fait remuer quelque étoffe. Mais, au bout d'une minute, un autre mouvement, presque indistinct, me fit passer sur la peau un singulier petit frisson désagréable. C'était tellement bête d'être ému, même à peine, que je ne voulus pas me retourner, par pudeur pour moi-même. Je venais alors de découvrir la seconde des liasses qu'il me fallait ; et je trouvais justement la troisième, quand un grand et pénible soupir, poussé contre mon épaule, me fit faire un bond de fou à deux mètres de là. Dans mon élan je m'étais retourné, la main sur la poignée de mon sabre, et certes, si je ne l'avais pas senti à mon côté, je me serais enfui comme un lâche.

Une grande femme vêtue de blanc me regardait, debout derrière le fauteuil où j'étais assis une seconde plus tôt.

Une telle secousse me courut dans les membres que je faillis m'abattre à la renverse ! Oh ! personne ne peut comprendre, à moins de les avoir ressenties, ces épouvantables et stupides terreurs. L'âme se fond ; on ne sent plus son cœur ; le corps entier devient mou comme une éponge, on dirait que tout l'intérieur de nous s'écroule.

Je ne crois pas aux fantômes ; eh bien ! j'ai défailli sous la hideuse peur des morts, et j'ai souffert, oh ! souffert en quelques instants plus qu'en tout le reste de ma vie, dans l'angoisse irrésistible des épouvantes surnaturelles.

Si elle n'avait pas parlé, je serais mort peut-être ! Mais elle parla ; elle parla d'une voix douce et douloureuse qui faisait vibrer les nerfs. Je n'oserais pas dire que je redevins maître de moi et que je retrouvai ma raison. Non. J'étais éperdu à ne plus savoir ce que je faisais ; mais cette espèce de fierté intime que j'ai en moi, un peu d'orgueil de métier aussi, me faisaient garder, presque malgré moi, une contenance honorable. Je posais pour moi et pour elle sans doute, pour elle, quelle qu'elle fût, femme ou spectre. Je me suis rendu compte de tout cela plus tard, car je vous assure que, dans l'instant de l'apparition, je ne songeais à rien. J'avais peur.

Elle dit :

- Oh ! Monsieur, vous pouvez me rendre un grand service !

Je voulus répondre, mais il me fut impossible de prononcer un mot. Un bruit vague sortit de ma gorge.

Elle reprit :

- Voulez-vous ? Vous pouvez me sauver, me guérir. Je souffre affreusement. Je souffre, oh ! je souffre !

Et elle s'assit doucement dans mon fauteuil. Elle me regardait :

- Voulez-vous ?

Je fis : "Oui !" de la tête, ayant encore la voix paralysée.

Alors elle me tendit un peigne en écaille et elle murmura :

- Peignez-moi, oh ! peignez-moi ; cela me guérira ; il faut qu'on me peigne. Regardez ma tête... Comme je souffre ; et mes cheveux comme ils me font mal !

Ses cheveux dénoués, très longs, très noirs, me semblait-il, pendaient par-dessus le dossier du fauteuil et touchaient la terre.

Pourquoi ai-je fait ceci ? Pourquoi ai-je reçu en frissonnant ce peigne, et pourquoi ai-je pris dans mes mains ses longs cheveux qui me donnèrent à la peau une sensation de froid atroce comme si j'eusse manié des serpents ? Je n'en sais rien.

Cette sensation m'est restée dans les doigts et je tressaille en y songeant.

Je la peignai. Je maniai je ne sais comment cette chevelure de glace. Je la tordis, je la renouai et la dénouai ; je la tressai comme on tresse la crinière d'un cheval. Elle soupirait, penchait la tête, semblait heureuse.

Soudain elle me dit : "Merci !", m'arracha le peigne des mains et s'enfuit par la porte que j'avais remarquée entrouverte.

Resté seul, j'eus, pendant quelques secondes, ce trouble effaré des réveils après les cauchemars. Puis je repris enfin mes sens ; je courus à la fenêtre et je brisai les contrevents d'une poussée furieuse.

Un flot de jour entra. Je m'élançai sur la porte par où cet être était parti. Je la trouvai fermée et inébranlable.

Alors une fièvre de fuite m'envahit, une panique, la vraie panique des batailles. Je saisis brusquement les trois paquets de lettres sur le secrétaire ouvert ; je traversai l'appartement en courant, je sautai les marches de l'escalier quatre par quatre, je me trouvai dehors et je ne sais par où, et, apercevant mon cheval à dix pas de moi, je l'enfourchai d'un bond et partis au galop.

Je ne m'arrêtai qu'à Rouen, et devant mon logis. Ayant jeté la bride à mon ordonnance, je me sauvai dans ma chambre où je m'enfermai pour réfléchir.

Alors, pendant une heure, je me demandai anxieusement si je n'avais pas été le jouet d'une hallucination. Certes, j'avais eu un de ces incompréhensibles ébranlements nerveux, un de ces affolements du cerveau qui enfantent les miracles, à qui le Surnaturel doit sa puissance.

Et j'allais croire à une vision, à une erreur de mes sens, quand je m'approchai de ma fenêtre. Mes yeux, par hasard, descendirent sur ma poitrine. Mon dolman était plein de longs cheveux de femme qui s'étaient enroulés aux boutons !

Je les saisis un à un et je les jetai dehors avec des tremblements dans les doigts.

Puis j'appelai mon ordonnance. Je me sentais trop ému, trop troublé, pour aller le jour même chez mon ami. Et puis je voulais mûrement réfléchir à ce que je devais lui dire.

Je lui fis porter ses lettres, dont il remit un reçu au soldat. Il s'informa beaucoup de moi. On lui dit que j'étais souffrant, que j'avais reçu un coup de soleil, je ne sais quoi. Il parut inquiet.

Je me rendis chez lui le lendemain, dès l'aube, résolu à lui dire la vérité. Il était sorti la veille au soir et pas rentré.

Je revins dans la journée, on ne l'avait pas revu. J'attendis une semaine. Il ne reparut pas. Alors je prévins la justice. On le fit rechercher partout, sans découvrir une trace de son passage ou de sa retraite.

Une visite minutieuse fut faite au château abandonné. On n'y découvrit rien de suspect.

Aucun indice ne révéla qu'une femme y eût été cachée.

L'enquête n'aboutissant à rien, les recherches furent interrompues.

Et, depuis cinquante-six ans, je n'ai rien appris. Je ne sais rien de plus.

Le Masque de la Mort Rouge

Edgar Allan Poe

Traduit en Français par Charles Baudelaire

L a Mort Rouge avait pendant longtemps dépeuplé la contrée. Jamais peste ne fut si fatale, si horrible. Son avatar, c'était le sang, la rougeur et la hideur du sang. C'étaient des douleurs aiguës, un vertige soudain, et puis un suintement abondant par les pores, et la dissolution de l'être. Des taches pourpres sur le corps, et spécialement sur le visage de la victime, la mettaient au ban de l'humanité, et lui fermaient tout secours et toute sympathie. L'invasion, le résultat de la maladie, tout cela était l'affaire d'une demi-heure.

Mais le prince Prospero était heureux, et intrépide, et sagace. Quand ses domaines furent à moitié dépeuplés, il convoqua un millier d'amis vigoureux et allègres de cœur, choisis parmi les chevaliers et les dames de sa cour, et se fit avec eux une retraite profonde dans une de ses abbayes fortifiées. C'était un vaste et magnifique bâtiment, une création du prince, d'un goût excentrique et cependant grandiose. Un mur épais et haut lui faisait une ceinture. Ce mur avait des portes de fer. Les courtisans, une fois entrés, se servirent de fourneaux et de solides marteaux pour souder les verrous. Ils résolurent de se barricader contre les impulsions soudaines du désespoir extérieur et de fermer toute issue aux frénésies du dedans.

L'abbaye fut largement approvisionnée. Grâce à ces précautions, les courtisans pouvaient jeter le défi à la contagion. Le monde extérieur s'arrangerait comme il pourrait. En attendant, c'était folie de s'affliger ou de penser. Le prince avait pourvu à tous les moyens de plaisir. Il y avait des bouffons, il y avait des improvisateurs, des danseurs, des musiciens, il y avait le beau sous toutes ses formes, il y avait le vin. En dedans, il y avait toutes ces belles choses et la sécurité. Au-dehors, la Mort Rouge.

Ce fut vers la fin du cinquième ou sixième mois de sa retraite, et pendant que le fléau sévissait au-dehors avec le plus de rage, que le prince Prospero gratifia ses mille amis d'un bal masqué de la plus insolite magnificence.

Tableau voluptueux que cette mascarade! Mais d'abord laissez-moi vous décrire les salles où elle eut lieu. Il y en avait sept, une enfilade impériale. Dans beaucoup de palais, ces séries de salons forment de longues perspectives en ligne droite, quand les battants des portes sont rabattus sur les murs de chaque côté, de sorte que le regard s'enfonce jusqu'au bout sans obstacle. Ici, le cas était fort différent, comme on pouvait s'y attendre de la part du duc et de son goût très vif pour le bizarre. Les salles étaient si irrégulièrement disposées que l'œil n'en pouvait guère embrasser plus d'une à la fois. Au bout d'un espace de vingt à trente yards il y avait un brusque détour, et à chaque coude un nouvel aspect. A droite et à gauche, au milieu de chaque mur, une haute et étroite fenêtre gothique donnait sur un corridor fermé qui suivait les sinuosités de l'appartement. Chaque fenêtre était faite de verres colorés en harmonie avec le ton dominant dans les décorations de la salle sur laquelle elle s'ouvrait. Celle qui occupait l'extrémité orientale, par exemple, était tendue de bleu, et les fenêtres étaient d'un bleu profond. La seconde pièce était ornée et tendue de pourpre, et les carreaux étaient pourpres. La troisième, entièrement verte, et vertes les fenêtres. La quatrième, décorée d'orange, était éclairée par une fenêtre orangée, la cinquième, blanche, la sixième, violette.

La septième salle était rigoureusement ensevelie de tentures de velours noir qui revêtaient tout le plafond et les murs, et retombaient en lourdes nappes sur un tapis de même étoffe et de même couleur. Mais, dans cette chambre seulement, la couleur des fenêtres ne correspondait pas à la décoration. Les carreaux étaient écarlates, d'une couleur intense de sang.

Or, dans aucune des sept salles, à travers les ornements d'or éparpillés à profusion çà et là ou suspendus aux lambris, on ne voyait de lampe ni de candélabre. Ni lampes, ni bougies; aucune lumière de cette sorte dans cette longue suite de pièces. Mais, dans les corridors qui leur servaient de ceinture, juste en face de chaque fenêtre, se dressait un énorme trépied, avec un brasier éclatant, qui projetait ses rayons à travers les carreaux de couleur et illuminait la salle d'une manière éblouissante. Ainsi se produisait une multitude d'aspects chatoyants et fantastiques. Mais dans la chambre de l'ouest, la chambre noire, la lumière du brasier qui ruisselait sur les tentures noires à travers les carreaux sanglants était épouvantablement sinistre, et donnait aux physionomies des imprudents qui y entraient un aspect tellement étrange, que bien peu de danseurs se sentaient le courage de mettre les pieds dans son enceinte magique.

C'était aussi dans cette salle que s'élevait, contre le mur de l'ouest, une gigantesque horloge d'ébène. Son pendule se balançait avec un tic-tac sourd, lourd, monotone; et quand l'aiguille des minutes avait fait le circuit du cadran et que l'heure allait sonner, il s'élevait des poumons d'airain de la machine un son clair, éclatant, profond et excessivement musical, mais d'une note si particulière et d'une énergie telle, que d'heure en heure, les musiciens de l'orchestre étaient contraints d'interrompre un instant leurs accords pour écouter la musique de l'heure; les valseurs alors cessaient forcément leurs évolutions; un trouble momentané courait dans toute la joyeuse compagnie; et, tant que vibrait le carillon, on remarquait que les plus fous devenaient pâles, et que les plus âgés et les plus rassis passaient leurs mains sur leurs fronts, comme dans une méditation ou une rêverie délirante. Mais quand l'écho s'était tout à fait évanoui, une légère hilarité circulait, par toute l'assemblée; les musiciens s'entre-regardaient et souriaient de leurs nerfs et de leur folie, et se juraient tout bas, les uns aux autres, que la prochaine sonnerie ne produirait pas en eux la même émotion; et puis, après la fuite des soixante minutes qui comprennent les trois mille six cents secondes de l'heure disparue, arrivait une nouvelle sonnerie de la fatale horloge, et c'étaient le même trouble, le même frisson, les mêmes rêveries.

Mais en dépit de tout cela, c'était une joyeuse et magnifique orgie. Le goût du duc était tout particulier. Il avait un oeil sûr à l'endroit des couleurs et des effets. Il méprisait le décorum de la mode. Ses plans étaient téméraires et sauvages et ses conceptions brillaient d'une splendeur barbare. Il y a des gens qui l'auraient jugé fou.

Ses courtisans sentaient bien qu'il ne l'était pas. Mais il fallait l'entendre, le voir, le toucher, pour être sûr qu'il ne l'était pas.

Il avait, à l'occasion de cette grande fête, présidé en grande partie à la décoration mobilière des sept salons, et c'était son goût personnel qui avait commandé le style des travestissements. À coup sûr, c'étaient des conceptions grotesques. C'était éblouissant, étincelant; il y avait du piquant et du fantastique, beaucoup de ce qu'on a vu depuis dans Hernani. Il y avait des figures vraiment grotesques, absurdement équipées, incongrûment bâties; des fantaisies monstrueuses comme la folie; il y avait du beau, du licencieux, du bizarre en quantité, tant soit peu de terrible, et du dégoûtant à foison. Bref, c'était comme une multitude de rêves qui se pavanaient çà et là dans les sept salons. Et ces rêves se contorsionnaient en tous sens, prenant la couleur des chambres, et l'on eût dit qu'ils exécutaient la musique avec leurs pieds, et que les airs étranges de l'orchestre étaient l'écho de leur pas.

Et de temps en temps on entend sonner l'horloge d'ébène dans la salle de velours. Et alors, pour un moment, tout s'arrête, tout se tait, excepté la voix de l'horloge. Les rêves sont glacés, paralysés dans leurs postures. Mais les échos de la sonnerie s'évanouissent, ils n'ont duré qu'un instant, et à peine ont-ils fui, qu'une hilarité légère et mal contenue circule partout. Et la musique s'enfle de nouveau, et les rêves revivent, et ils se tordent çà et là plus joyeusement que jamais, reflétant la couleur des fenêtres à travers lesquelles ruisselle le rayonnement des trépieds. Mais dans la chambre qui est là-bas tout à l'ouest aucun masque n'ose maintenant s'aventurer; car la nuit avance, et une lumière plus rouge afflue à travers les carreaux couleur de sang, et la noirceur des draperies funèbres est effrayante; et à l'étourdi qui met le pied sur le tapis funèbre l'horloge d'ébène envoie un carillon plus lourd, plus solennellement énergique que celui qui frappe les oreilles des masques tourbillonnant dans l'insouciance lointaine des autres salles.

Quant à ces pièces-là, elles fourmillent de monde, et le cœur de la vie y battait fiévreusement. Et la tête tourbillonnait toujours, lorsque s'éleva enfin le son de minuit de l'horloge. Alors, comme je l'ai dit, la musique s'arrêta; le tournoiement des valseurs fut suspendu; il se fit partout, comme naguère, une anxieuse immobilité. Mais le timbre de l'horloge avait cette fois douze coups à sonner; aussi il se peut bien que plus de pensée se soit glissée dans les méditations de ceux qui pensaient parmi cette foule festoyante. Et ce fut peut-être aussi pour cela que plusieurs personnes parmi cette foule, avant que les derniers échos du dernier coup fussent noyés dans le silence, avaient eu le temps de s'apercevoir de la présence d'un masque qui jusque-là n'avait aucunement attiré l'attention. Et, la nouvelle de cette intrusion s'étant répandue en un chuchotement à la ronde, il s'éleva de toute l'assemblée un bourdonnement, puis, finalement de terreur, d'horreur et de dégoût.

Dans une réunion de fantômes telle que je l'ai décrite, il fallait sans doute une apparition bien extraordinaire pour causer une telle sensation. La licence carnavalesque de cette nuit était, il est vrai, à peu près illimitée; mais le personnage en question avait dépassé l'extravagance d'un Hérode, et franchi les bornes, cependant complaisantes, du décorum imposé par le prince. Il y a dans les cœurs des plus insouciants des cordes qui ne se laissent pas toucher sans émotion. Même chez les plus dépravés, chez ceux pour qui la vie et la mort sont également un jeu, il y a des choses avec lesquelles on ne peut pas jouer. Toute l'assemblée parut alors sentir profondément le mauvais goût et l'inconvenance de la conduite et du costume de l'étranger. Le personnage était grand et décharné, et enveloppé d'un suaire de la tête aux pieds. Le masque qui cachait le visage représentait si bien la physionomie d'un cadavre raidi, que l'analyse la plus minutieuse aurait difficilement découvert l'artifice. Et cependant, tous ces fous joyeux auraient peut-être supporté, sinon approuvé, cette laide plaisanterie. Mais le masque avait été jusqu'à adopter le type de la Mort rouge. Son vêtement était barbouillé de sang, et son large front, ainsi que tous les traits de sa face, étaient aspergés de l'épouvantable écarlate.

Quand les yeux du prince Prospero tombèrent sur cette figure de spectre qui, d'un mouvement lent, solennel, emphatique, comme pour mieux soutenir son rôle, se promenait çà et là à travers les danseurs, on le vit d'abord convulsé par un violent frisson de terreur ou de dégoût; mais une seconde après, son front s'empourpra de rage.

- Qui ose, demanda-t-il, d'une voix enrouée, aux courtisans debout près de lui; qui ose nous insulter par cette ironie blasphématoire? Emparez-vous de lui, et démasquez-le; que nous sachions qui nous aurons à prendre aux créneaux, au lever du soleil!

C'était dans la chambre de l'est ou chambre bleue, que se trouvait le prince Prospero, quand il prononça ces paroles. Elles retentirent fortement et clairement à travers les sept salons, car le prince était un homme impétueux et robuste, et la musique s'était tue à un signe de sa main.

C'était dans la chambre bleue que se tenait le prince, avec un groupe de pâles courtisanes à ses côtés. D'abord, pendant qu'il parlait, il y eut parmi le groupe un léger mouvement en avant dans la direction de l'intrus, qui fut un instant presque à leur portée, et qui maintenant, d'un pas délibéré et majestueux, se rapprochait de plus en plus du prince. Mais par suite d'une certaine terreur indéfinissable que l'audace insensée du masque avait inspirée à toute la société, il ne se trouva personne pour lui mettre la main dessus; si bien que, ne trouvant aucun obstacle, il passa à deux pas de la personne du prince; et, pendant que l'immense assemblée, comme obéissant à un seul mouvement, reculait du centre de la salle vers les murs, il continua sa route sans interruption, de ce même pas solennel et mesuré qui l'avait tout d'abord caractérisé, de la chambre bleue à la chambre pourpre, de la chambre pourpre à la chambre verte, de la verte à l'orange, de celle-ci à la blanche, et de celle-là à la violette, avant qu'on eût fait un mouvement décisif pour l'arrêter.

Ce fut alors, toutefois, que le prince Prospero, exaspéré par la rage et la honte de sa lâcheté d'une minute, s'élança précipitamment à travers les six chambres, où nul ne le suivit; car une terreur mortelle s'était emparée de tout le monde. Il brandissait un poignard nu, et s'était approché impétueusement à une distance de trois ou quatre pieds du fantôme qui battait en retraite, quand ce dernier, arrivé à l'extrémité de la salle de velours, se retourna brusquement et fit face à celui qui le poursuivait. Un cri aigu partit, et le poignard glissa avec un éclair sur le tapis funèbre où le prince Prospero tombait mort une seconde après.

Alors, invoquant le courage violent du désespoir, une foule de masques se précipita à la fois dans la chambre noire; et, saisissant l'inconnu, qui se tenait, comme une grande statue, droit et immobile dans l'ombre de l'horloge d'ébène, ils se sentirent suffoqués par une terreur sans nom, en voyant que sous le linceul et le masque cadavéreux, qu'ils avaient empoigné avec une si violente énergie, ne logeait aucune forme humaine.

On reconnut alors la présence de la Mort rouge. Elle était venue comme un voleur de nuit. Et tous les convives tombèrent un à un dans les salles de l'orgie inondées d'une rose sanglante, et chacun mourut dans la posture désespérée de sa chute.

Et la vie de l'horloge d'ébène disparut avec celle du dernier de ces êtres joyeux. Et les flammes des trépieds expièrent. Et les Ténèbres, et la Ruine, et la Mort rouge établirent sur toutes choses leur empire illimité.

À travers ces histoires d'horreur
ils ont révélé leur talent de narrateur
qui suscite l'admiration du lecteur...

L'Horrible

Guy de Maupassant

La nuit tiède descendait lentement.

Les femmes étaient restées dans le salon de la villa.

Les hommes, assis ou à cheval sur les chaises du jardin, fumaient, devant la porte, en cercle autour d'une table ronde chargée de tasses et de petits verres.

Leurs cigares brillaient comme des yeux, dans l'ombre épaissie de minute en minute. On venait de raconter un affreux accident arrivé la veille: deux hommes et trois femmes noyés sous les yeux des invités, en face, dans la rivière.

Le général de G... prononça :

*

Oui, ces choses-là sont émouvantes, mais elles ne sont pas horribles.

L'horrible, ce vieux mot, veut dire beaucoup plus que terrible. Un affreux accident comme celui-là émeut, bouleverse, effare : il n'affole pas. Pour qu'on éprouve l'horreur il faut plus que l'émotion de l'âme et plus que le spectacle d'un mort affreux, il faut, soit un frisson de mystère, soit une sensation d'épouvante anormale, hors nature. Un homme qui meurt, même dans les conditions les plus dramatiques, ne fait pas horreur; un champ de bataille n'est pas horrible; le sang n'est pas horrible; les crimes les plus vifs sont rarement horribles.

Tenez, voici deux exemples personnels qui m'ont fait comprendre ce qu'on peut entendre par l'Horreur.

C'était pendant la guerre de 1870. Nous nous retirions vers Pont-Audemer, après avoir traversé Rouen. L'armée, vingt mille hommes environ, vingt mille hommes de déroute, débandés, démoralisés, épuisés, allait se reformer au Havre.

La terre était couverte de neige. La nuit tombait. On n'avait rien mangé depuis la veille. On fuyait vite, les Prussiens n'étant pas loin.

Toute la campagne normande, livide, tachée par les ombres des arbres entourant les fermes, s'étendait sous un ciel noir, lourd et sinistre.

On n'entendait rien autre chose dans la lueur terne du crépuscule qu'un bruit confus, mou et cependant démesuré de troupeau marchant, un piétinement infini, mêlé d'un vague cliquetis de gamelles ou de sabres. Les hommes, courbés, voûtés, sales, souvent même haillonneux se traînaient, se hâtaient dans la neige, d'un long pas éreinté.

La peau des mains collait à l'acier des crosses, car il gelait affreusement cette nuit-là. Souvent je voyais un petit moblot ôter ses souliers pour aller pieds nus, tant il souffrait dans sa chaussure; et il laissait dans chaque empreinte une trace de sang. Puis au bout de quelque temps il s'asseyait dans un champ pour se reposer quelques minutes, et il ne se relevait point. Chaque homme assis était un homme mort.

En avons-nous laissé derrière nous, de ces pauvres soldats épuisés, qui comptaient bien repartir tout à l'heure, dès qu'ils auraient un peu délassé leurs jambes roidies! Or, à peine avaient-ils cessé de se mouvoir, de faire circuler, dans leur chair gelée, leur sang presque inerte, qu'un engourdissement invincible les figeait, les clouait à terre, fermait leurs yeux, paralysait en une seconde cette mécanique humaine surmenée. Et ils s'affaissaient un peu, le front sur leurs genoux, sans tomber tout à fait pourtant, car leurs reins et leurs membres devenaient immobiles, durs comme du bois, impossibles à plier ou à redresser.

Et nous autres, plus robustes, nous allions toujours, glacés jusqu'aux moelles avançant par une force de mouvement donné, dans cette nuit, dans cette neige, dans cette campagne froide et mortelle, écrasés par le chagrin, par la défaite, par le désespoir, surtout étreints par l'abominable sensation de l'abandon, de la fin, de la mort, du néant.

J'aperçus deux gendarmes qui tenaient par le bras un petit homme singulier, vieux, sans barbe, d'aspect vraiment surprenant.

Ils cherchaient un officier, croyant avoir pris un espion.

Le mot "espion" courut aussitôt parmi les traînards et on fit cercle autour du prisonnier. Une voix cria: "Faut le fusiller!" Et tous ces soldats qui tombaient d'accablement, ne tenant debout que parce qu'ils s'appuyaient sur leurs fusils, eurent soudain ce frisson de colère furieuse et bestiale qui pousse les foules au massacre.

Je voulus parler; j'étais alors chef de bataillon; mais on ne reconnaissait plus les chefs, on m'aurait fusillé moi-même.

Un des gendarmes me dit :

« Voilà trois jours qu'il nous suit. Il demande à tout le monde des renseignements sur l'artillerie. »

J'essayai d'interroger cet être:

« Que faites-vous ? Que voulez-vous ? Pourquoi accompagnez-vous l'armée ? »

Il bredouilla quelques mots en un patois inintelligible.

C'était vraiment un étrange personnage, aux épaules étroites, à l'œil sournois, et si troublé devant moi que je ne doutais plus vraiment que ce ne fût un espion. Il semblait fort âgé et faible. Il me considérait en dessous, avec un air humble, stupide et rusé.

Les hommes autour de nous criaient :

« Au mur! au mur! »

Je dis aux gendarmes :

« Vous répondez du prisonnier ?... »

Je n'avais point fini de parler qu'une poussée terrible me renversa, et je vis, en une seconde, l'homme saisi par les troupiers furieux, terrassé, frappé, traîné au bord de la route et jeté contre un arbre. Il tomba presque mort déjà, dans la neige.

Et aussitôt on le fusilla. Les soldats tiraient sur lui, rechargeaient leurs armes, tiraient de nouveau avec un acharnement de brutes. Ils se battaient pour avoir leur tour, défilaient devant le cadavre et tiraient toujours dessus, comme on défile devant un cercueil pour jeter de l'eau bénite.

Mais tout d'un coup un cri passa :

« Les Prussiens! les Prussiens! »

Et j'entendis, par tout l'horizon, la rumeur immense de l'armée éperdue qui courait.

La panique, née de ces coups de feu sur ce vagabond, avait affolé les exécuteurs eux-mêmes, qui, sans comprendre que l'épouvante venait d'eux, se sauvèrent et disparurent dans l'ombre.

Je restai seul devant le corps avec les deux gendarmes, que leur devoir avait retenus près de moi.

Ils relevèrent cette viande broyée, moulue et sanglante.

« Il faut le fouiller », leur dis-je.

Et je tendis une boîte d'allumettes-bougies que j'avais dans ma poche. Un des soldats éclairait l'autre. J'étais debout entre les deux.

Le gendarme qui maniait le corps déclara :

« Vêtu d'une blouse bleue, d'une chemise blanche, d'un pantalon et d'une paire de souliers. »

La première allumette s'éteignit; on alluma la seconde. L'homme reprit, en retournant les poches.

« Un couteau de corne, un mouchoir à carreaux, une tabatière, un bout de ficelle, un morceau de pain. »

La seconde allumette s'éteignit. On alluma la troisième. Le gendarme après avoir longtemps palpé le cadavre déclara : « C'est tout. »

Je dis : « Déshabillez-le. Nous trouverons peut-être quelque chose contre la peau. »

Et, pour que les deux soldats pussent agir en même temps, je me mis moi-même à les éclairer. Je les voyais à la lueur rapide et vite éteinte de l'allumette, ôter les vêtements un à un, mettre à nu ce paquet sanglant de chair encore chaude et morte.

Et soudain un d'eux balbutia :

« Nom d'un nom, mon commandant, c'est une femme! »

Je ne saurais vous dire quelle étrange et poignante sensation d'angoisse me remua le cœur. Je ne le pouvais croire, et je m'agenouillai dans la neige, devant cette bouillie informe, pour voir: c'était une femme!

Les deux gendarmes, interdits et démoralisés, attendaient que j'émisse un avis.

Mais je ne savais que penser, que supposer.

Alors le brigadier prononça lentement :

« Peut-être qu'elle venait chercher son éfant qu'était soldat d'artillerie et dont elle n'avait pas de nouvelles. »

Et l'autre répondit :

« P't'être ben que oui tout de même. »

Et moi qui avais vu des choses bien terribles, je me mis à pleurer. Et je sentis, en face de cette morte, dans cette nuit glacée, au milieu de cette plaine noire, devant ce mystère, devant cette inconnue assassinée, ce que veut dire ce mot: "Horreur".

Or, j'ai eu cette même sensation, l'an dernier, en interrogeant un des survivants de la mission Flatters, un tirailleur algérien.

Vous savez les détails de ce drame atroce. Il en est un cependant que vous ignorez peut-être.

Le colonel allait au Soudan par le désert et traversait l'immense territoire des Touareg, qui sont, dans tout cet océan de sable qui va de l'Atlantique à l'Egypte et du Soudan à l'Algérie, des espèces de pirates comparables à ceux qui ravageaient les mers autrefois.

Les guides qui conduisaient la colonne appartenaient à la tribu des Chambaa, de Ouargla.

Or, un jour on établit le camp en plein désert, et les Arabes déclarèrent que, la source étant encore un peu loin, ils iraient chercher de l'eau avec tous les chameaux.

Un seul homme prévint le colonel qu'il était trahi: Flatters n'en crut rien et accompagna le convoi avec les ingénieurs, les médecins et presque tous ses officiers.

Ils furent massacrés autour de la source, et tous les chameaux capturés.

Le capitaine du bureau arabe de Ouargla, demeuré au camp, prit le commandement des survivants, spahis et tirailleurs, et on commença la retraite, en abandonnant les bagages et les vivres, faute de chameaux pour les porter.

Ils se mirent donc en route dans cette solitude sans ombre et sans fin, sous le soleil dévorant qui les brûlait du matin au soir.

Une tribu vint faire sa soumission et apporta des dattes. Elles étaient empoisonnées. Presque tous les Français moururent et, parmi eux, le dernier officier.

Il ne restait plus que quelques spahis, dont le maréchal des logis Pobéguin, plus des tirailleurs indigènes de la tribu de Chambaa. On avait encore deux chameaux. Ils disparurent une nuit avec deux Arabes.

Alors les survivants comprirent qu'il allait falloir s'entre-dévorer, et, sitôt découverte la fuite des deux hommes avec les deux bêtes, ceux qui restaient se séparèrent et se mirent à marcher un à un dans le sable mou, sous la flamme aiguë du ciel, à plus d'une portée de fusil l'un de l'autre.

Ils allaient ainsi tout le jour, soulevant de place en place, dans l'étendue brûlée et plate, ces petites colonnes de poussière qui indiquent de loin les marcheurs dans le désert.

Mais un matin, un des voyageurs brusquement obliqua, se rapprochant de son voisin. Et tous s'arrêtèrent pour regarder.

L'homme vers qui marchait le soldat affamé ne s'enfuit pas, mais il s'aplatit par terre, il mit en joue celui qui s'en venait. Quand il le crut à distance, il tira. L'autre ne fut point touché et il continua d'avancer puis, épaulant à son tour, il tua net son camarade.

Alors de tout l'horizon, les autres accoururent pour chercher leur part. Et celui qui avait tué, dépeçant le mort, le distribua.

Et ils s'espacèrent de nouveau, ces alliés irréconciliables, pour jusqu'au prochain meurtre qui les rapprocherait.

Pendant deux jours ils vécurent de cette chair humaine partagée. Puis la famine étant revenue, celui qui avait tué le premier tua de nouveau. Et de nouveau, comme un boucher, il coupa le cadavre et l'offrit à ses compagnons, en ne conservant que sa portion.

Et ainsi continua cette retraite d'anthropophages.

Le dernier Français, Pobéguin, fut massacré au bord d'un puits, la veille du jour où les secours arrivèrent.

Comprenez-vous maintenant ce que j'entends par
l'Horrible ?

*

Voilà ce que nous raconta, l'autre soir, le général
de G...

Le Chat noir

Edgar Allan Poe

Traduit en Français par Charles Baudelaire

Relativement à la très étrange et pourtant très familière histoire que je vais coucher par écrit, je n'attends ni ne sollicite la créance. Vraiment, je serais fou de m'y attendre, dans un cas où mes sens eux-mêmes rejettent leur propre témoignage. Cependant, je ne suis pas fou, — et très certainement je ne rêve pas. Mais demain je meurs, et aujourd'hui je voudrais décharger mon âme. Mon dessein immédiat est de placer devant le monde, clairement, succinctement et sans commentaires, une série de simples événements domestiques. Dans leurs conséquences, ces événements m'ont terrifié, — m'ont torturé, — m'ont anéanti. Cependant, je n'essaierai pas de les élucider. Pour moi, ils ne m'ont guère présenté que de l'horreur; — à beaucoup de personnes ils paraîtront moins terribles que *baroques*. Plus tard peut-être il se trouvera une intelligence qui réduira mon fantôme à l'état de lieu commun, — quelque intelligence plus calme, plus logique, et beaucoup moins excitable que la mienne, qui ne trouvera dans les circonstances que je raconte avec terreur qu'une succession ordinaire de causes et d'effets très naturels.

Dès mon enfance, j'étais noté pour la docilité et l'humanité de mon caractère. Ma tendresse de cœur était même si remarquable qu'elle avait fait de moi le jouet de mes camarades. J'étais particulièrement fou des animaux, et mes parents m'avaient permis de posséder une grande variété de favoris. Je passais presque tout mon temps avec eux, et je n'étais jamais si heureux que quand je les nourrissais et les caressais. Cette particularité de mon caractère s'accrut avec ma croissance, et, quand je devins homme, j'en fis une de mes principales sources de plaisirs. Pour ceux qui ont voué une affection à un chien fidèle et sagace, je n'ai pas besoin d'expliquer la nature ou l'intensité des jouissances qu'on peut en tirer. Il y a dans l'amour désintéressé d'une bête, dans ce sacrifice d'elle-même, quelque chose qui va directement au cœur de celui qui a eu fréquemment l'occasion de vérifier la chétive amitié et la fidélité de gaze de *l'homme naturel*.

Je me mariai de bonne heure, et je fus heureux de trouver dans ma femme une disposition sympathique à la mienne. Observant mon goût pour ces favoris domestiques, elle ne perdit aucune occasion de me procurer ceux de l'espèce la plus agréable. Nous eûmes des oiseaux, un poisson doré, un beau chien, des lapins, un petit singe et *un chat*.

Ce dernier était un animal remarquablement fort et beau, entièrement noir, et d'une sagacité merveilleuse. En parlant de son intelligence, ma femme, qui au fond n'était pas peu pénétrée de superstition, faisait de fréquentes allusions à l'ancienne croyance populaire qui regardait tous les chats noirs comme des sorcières déguisées. Ce n'est pas qu'elle fût toujours *sérieuse* sur ce point, — et, si je mentionne la chose, c'est simplement parce que cela me revient, en ce moment même, à la mémoire.

Pluton, — c'était le nom du chat, — était mon préféré, mon camarade. Moi seul, je le nourrissais, et il me suivait dans la maison partout où j'allais. Ce n'était même pas sans peine que je parvenais à l'empêcher de me suivre dans les rues. Notre amitié subsista ainsi plusieurs années, durant lesquelles l'ensemble de mon caractère et de mon tempérament, — par l'opération du Démon Intempérance, je rougis de le confesser, — subit une altération radicalement mauvaise. Je devins de jour en jour plus morne, plus irritable, plus insoucieux des sentiments des autres. Je me permis d'employer un langage brutal à l'égard de ma femme. À la longue, je lui infligeai même des violences personnelles. Mes pauvres favoris, naturellement, durent ressentir le changement de mon caractère. Non seulement je les négligeais, mais je les maltraitais. Quant à Pluton, toutefois, j'avais encore pour lui une considération suffisante qui m'empêchait de le malmener, tandis que je n'éprouvais aucun scrupule à maltraiter les lapins, le singe et même le chien, quand, par hasard ou par amitié, ils se jetaient dans mon chemin. Mais mon mal m'envahissait de plus en plus, car quel mal est comparable à l'Alcool! — et à la longue Pluton lui-même, qui maintenant se faisait vieux et qui naturellement devenait quelque peu maussade, — Pluton lui-même commença à connaître les effets de mon méchant caractère.

Une nuit, comme je rentrais au logis très ivre, au sortir d'un de mes repaires habituels des faubourgs, je m'imaginai que le chat évitait ma présence. Je le saisis; — mais lui, effrayé de ma violence, il me fit à la main une légère blessure avec les dents. Une fureur de démon s'empara soudainement de moi. Je ne me connus plus.

Mon âme originelle sembla tout d'un coup s'envoler de mon corps, et une méchanceté hyperdiabolique, saturée de gin, pénétra chaque fibre de mon être. Je tirai de la poche de mon gilet un canif, je l'ouvris; je saisis la pauvre bête par la gorge, et, délibérément, je fis sauter un de ses yeux de son orbite! Je rougis, je brûle, je frissonne en écrivant cette damnable atrocité !

Quand la raison me revint avec le matin, — quand j'eus cuvé les vapeurs de ma débauche nocturne, — j'éprouvai un sentiment moitié d'horreur, moitié de remords, pour le crime dont je m'étais rendu coupable; mais c'était tout au plus un faible et équivoque sentiment, et l'âme n'en subit pas les atteintes. Je me replongeai dans les excès, et bientôt je noyai dans le vin tout le souvenir de mon action.

Cependant le chat guérit lentement. L'orbite de l'œil perdu présentait, il est vrai, un aspect effrayant; mais il n'en parut plus souffrir désormais. Il allait et venait dans la maison selon son habitude; mais, comme je devais m'y attendre, il fuyait avec une extrême terreur à mon approche. Il me restait assez de mon ancien cœur pour me sentir d'abord affligé de cette évidente antipathie de la part d'une créature qui jadis m'avait tant aimé. Mais ce sentiment fit bientôt place à l'irritation. Et alors apparut, comme pour ma chute finale et irrévocable, l'esprit de PERVERSITÉ. De cet esprit la philosophie ne tient aucun compte. Cependant, aussi sûr que mon âme existe, je crois que la perversité est une des primitives impulsions du cœur humain, — une des indivisibles premières facultés ou sentiments qui donnent la direction au caractère de l'homme. Qui ne s'est pas surpris cent fois commettant une action sotte ou vile, par la seule raison qu'il savait devoir ne pas la commettre? N'avons-nous pas une perpétuelle inclination, malgré l'excellence de notre jugement, à violer ce qui est *la Loi*, simplement parce que nous comprenons que c'est *la Loi*? Cet esprit de perversité, dis-je, vint causer ma déroute finale. C'est ce désir ardent, insondable de l'âme de *se torturer elle-même*, — de violenter sa propre nature, — de faire le mal pour l'amour du mal seul, — qui me poussait à continuer, et finalement consommer le supplice que j'avais infligé à la bête inoffensive. Un matin, de sang-froid, je glissai un nœud coulant autour de son cou, et je le pendis à la branche d'un arbre; — je le pendis avec des larmes plein mes yeux, — avec le plus amer remords dans le cœur; — je le pendis, *parce que* je savais qu'il m'avait aimé, et *parce que* je sentais qu'il ne m'avait donné aucun sujet de colère; — je le pendis, *parce que* je savais qu'en faisant ainsi je commettais un péché, — un péché mortel qui compromettait mon âme immortelle, au point de la placer, — si une telle chose était possible, — même au-delà de la miséricorde infinie du Dieu Très-Miséricordieux et Très-Terrible.

Dans la nuit qui suivit le jour où fut commise cette action cruelle, je fus tiré de mon sommeil par le cri : Au feu! Les rideaux de mon lit étaient en flammes. Toute la maison flambait. Ce ne fut pas sans une grande difficulté que nous échappâmes à l'incendie, — ma femme, un domestique, et moi. La destruction fut complète. Toute ma fortune fut engloutie, et je m'abandonnai dès lors au désespoir.

Je ne cherche pas à établir une liaison de cause à effet entre l'atrocité et le désastre, je suis au-dessus de cette faiblesse. Mais je rends compte d'une chaîne de faits, — et je ne veux pas négliger un seul anneau. Le jour qui suivit l'incendie, je visitai les ruines. Les murailles étaient tombées, une seule exceptée; et cette seule exception se trouva être une cloison intérieure, peu épaisse, située à peu près au milieu de la maison, et contre laquelle s'appuyait le chevet de mon lit. La maçonnerie avait ici, en grande partie, résisté à l'action du feu, — fait que j'attribuai à ce qu'elle avait été récemment remise à neuf. Autour de ce mur, une foule épaisse était rassemblée, et plusieurs personnes paraissaient en examiner une portion particulière avec une minutieuse et vive attention. Les mots : étrange! singulier! et autres semblables expressions, excitèrent ma curiosité. Je m'approchai, et je vis, semblable à un bas-relief sculpté sur la surface blanche, la figure d'un gigantesque chat. L'image était rendue avec une exactitude vraiment merveilleuse. Il y avait une corde autour du cou de l'animal.

Tout d'abord, en voyant cette apparition, — car je ne pouvais guère considérer cela que comme une apparition, mon étonnement et ma terreur furent extrêmes. Mais, enfin, la réflexion vint à mon aide. Le chat, je m'en souvenais, avait été pendu dans un jardin adjacent à la maison. Aux cris d'alarme, ce jardin avait été immédiatement envahi par la foule, et l'animal avait dû être détaché de l'arbre par quelqu'un, et jeté dans ma chambre à travers une fenêtre ouverte. Cela avait été fait, sans doute, dans le but de m'arracher au sommeil. La chute des autres murailles avait comprimé la victime de ma cruauté dans la substance du plâtre fraîchement étendu; la chaux de ce mur, combinée avec les flammes et l'ammoniaque du cadavre, avait ainsi opéré l'image telle que je la voyais.

Quoique je satisfisse ainsi lestement ma raison, sinon tout à fait ma conscience, relativement au fait surprenant que je viens de raconter, il n'en fit pas moins sur mon imagination une impression profonde. Pendant plusieurs mois je ne pus me débarrasser du fantôme du chat; et durant cette période un demi-sentiment revint dans mon âme, qui paraissait être, mais qui n'était pas le remords. J'allai jusqu'à déplorer la perte de l'animal, et à chercher autour de moi, dans les bouges méprisables que maintenant je fréquentais habituellement, un autre favori de la même espèce et d'une figure à peu près semblable pour le suppléer.

Une nuit, comme j'étais assis à moitié stupéfié, dans un repaire plus qu'infâme, mon attention fut soudainement attirée vers un objet noir, reposant sur le haut d'un des immenses tonneaux de gin ou de rhum qui composaient le principal ameublement de la salle. Depuis quelques minutes je regardais fixement le haut de ce tonneau, et ce qui me surprenait maintenant c'était de n'avoir pas encore aperçu l'objet situé dessus. Je m'en approchai, et je le touchai avec ma main. C'était un chat noir, — un très gros chat, — au moins aussi gros que Pluton, lui ressemblant absolument, excepté en un point. Pluton n'avait pas un poil blanc sur tout le corps; celui-ci portait une éclaboussure large et blanche, mais d'une forme indécise, qui couvrait presque toute la région de la poitrine.

À peine l'eus-je touché qu'il se leva subitement, ronronna fortement, se frotta contre ma main, et parut enchanté de mon attention. C'était donc là la vraie créature dont j'étais en quête. J'offris tout de suite au propriétaire de le lui acheter; mais cet homme ne le revendiqua pas, -ne le connaissait pas -, ne l'avait jamais vu auparavant.

Je continuai mes caresses, et, quand je me préparai à retourner chez moi, l'animal se montra disposé à m'accompagner. Je lui permis de le faire; me baissant de temps à autre, et le caressant en marchant. Quand il fut arrivé à la maison, il s'y trouva comme chez lui, et devint tout de suite le grand ami de ma femme.

Pour ma part, je sentis bientôt s'élever en moi une antipathie contre lui. C'était justement le contraire de ce que j'avais espéré; mais, — je ne sais ni comment ni pourquoi cela eut lieu, — son évidente tendresse pour moi me dégoûtait presque et me fatiguait. Par de lents degrés, ces sentiments de dégoût et d'ennui s'élevèrent jusqu'à l'amertume de la haine. J'évitais la créature; une certaine sensation de honte et le souvenir de mon premier acte de cruauté m'empêchèrent de la maltraiter. Pendant quelques semaines, je m'abstins de battre le chat ou de le malmener violemment, mais graduellement, — insensiblement, — j'en vins à le considérer avec une indicible horreur, et à fuir silencieusement son odieuse présence, comme le souffle d'une peste.

Ce qui ajouta sans doute à ma haine contre l'animal fut la découverte que je fis le matin, après l'avoir amené à la maison, que, comme Pluton, lui aussi avait été privé d'un de ses yeux. Cette circonstance, toutefois, ne fit que le rendre plus cher à ma femme, qui, comme je l'ai déjà dit, possédait à un haut degré cette tendresse de sentiment qui jadis avait été mon trait caractéristique et la source fréquente de mes plaisirs les plus simples et les plus purs.

Néanmoins, l'affection du chat pour moi paraissait s'accroître en raison de mon aversion contre lui. Il suivait mes pas avec une opiniâtreté qu'il serait difficile de faire comprendre au lecteur. Chaque fois que je m'asseyais, il se blottissait sous ma chaise, ou il sautait sur mes genoux, me couvrant de ses affreuses caresses. Si je me levais pour marcher, il se fourrait dans mes jambes, et me jetait presque par terre, ou bien, enfonçant ses griffes longues et aiguës dans mes habits, grimpait de cette manière jusqu'à ma poitrine. Dans ces moments-là, quoique je désirasse le tuer d'un bon coup, j'en étais empêché, en partie par le souvenir de mon premier crime, mais principalement, — je dois le confesser tout de suite, — par une véritable *terreur* de la bête.

Cette terreur n'était pas positivement la terreur d'un mal physique, — et cependant je serais fort en peine de la définir autrement. Je suis presque honteux d'avouer, — oui, même dans cette cellule de malfaiteur, je suis presque honteux d'avouer que la terreur et l'horreur que m'inspirait l'animal avaient été accrues par une des plus parfaites chimères qu'il fût possible de concevoir. Ma femme avait appelé mon attention plus d'une fois sur le caractère de la tache blanche dont j'ai parlé, et qui constituait l'unique différence visible entre l'étrange bête et celle que j'avais tuée. Le lecteur se rappellera sans doute que cette marque, quoique grande, était primitivement indéfinie dans sa forme; mais, lentement, par degrés, — par des degrés imperceptibles, et que ma raison s'efforça longtemps de considérer comme imaginaires, — elle avait à la longue pris une rigoureuse netteté de contours. Elle était maintenant l'image d'un objet que je frémis de nommer, — et c'était là surtout ce qui me faisait prendre le monstre en horreur et en dégoût, et m'aurait poussé à m'en délivrer, *si je l'avais osé*; — c'était maintenant, dis-je, l'image d'une hideuse, — d'une sinistre chose, — l'image du GIBET! — oh! lugubre et terrible machine! machine d'Horreur et de Crime, — d'Agonie et de Mort !

Et, maintenant, j'étais en vérité misérable au-delà de la misère possible de l'Humanité. *Une bête brute*, — dont j'avais avec mépris détruit le frère, — une bête brute engendrer pour moi, — pour moi, homme façonné à l'image du Dieu Très Haut, — une si grande et si intolérable infortune! Hélas! je ne connaissais plus la béatitude du repos, ni le jour ni la nuit! Durant le jour, la créature ne me laissait pas seul un moment; et, pendant la nuit, à chaque instant, quand je sortais de mes rêves pleins d'une intraduisible angoisse, c'était pour sentir la tiède haleine de la *chose* sur mon visage, et son immense poids, — incarnation d'un Cauchemar que j'étais impuissant à secouer, — éternellement posé sur mon *cœur* !

Sous la pression de pareils tourments, le peu de bon qui restait en moi succomba. De mauvaises pensées devinrent mes seules intimes, — les plus sombres et les plus mauvaises de toutes les pensées. La tristesse de mon humeur habituelle s'accrut jusqu'à la haine de toutes choses et de toute humanité; cependant ma femme, qui ne se plaignait jamais, hélas! était mon souffre-douleur ordinaire, la plus patiente victime des soudaines, fréquentes et indomptables éruptions d'une furie à laquelle je m'abandonnai dès lors aveuglément.

Un jour, elle m'accompagna pour quelque besogne domestique dans la cave du vieux bâtiment où notre pauvreté nous contraignait d'habiter. Le chat me suivit sur les marches roides de l'escalier, et, m'ayant presque culbuté la tête la première, m'exaspéra jusqu'à la folie. Levant une hache, et oubliant dans ma rage la peur puérile qui jusque-là avait retenu ma main, j'adressai à l'animal un coup qui eût été mortel, s'il avait porté comme je le voulais; mais ce coup fut arrêté par la main de ma femme. Cette intervention m'aiguillonna jusqu'à une rage plus que démoniaque; je débarrassai mon bras de son étreinte et lui enfonçai ma hache dans le crâne. Elle tomba morte sur la place, sans pousser un gémissement.

Cet horrible meurtre accompli, je me mis immédiatement et très délibérément en mesure de cacher le corps. Je compris que je ne pouvais pas le faire disparaître de la maison, soit de jour, soit de nuit, sans courir le danger d'être observé par les voisins. Plusieurs projets traversèrent mon esprit. Un moment j'eus l'idée de couper le cadavre par petits morceaux, et de les détruire par le feu. Puis, je résolus de creuser une fosse dans le sol de la cave. Puis, je pensai à le jeter dans le puits de la cour, — puis à l'emballer dans une caisse comme marchandise, avec les formes usitées, et à charger un commissionnaire de le porter hors de la maison. Finalement, je m'arrêtai à un expédient que je considérai comme le meilleur de tous. Je me déterminai à le murer dans la cave, comme les moines du moyen âge muraient, dit-on, leurs victimes.

La cave était fort bien disposée pour un pareil dessein. Les murs étaient construits négligemment, et avaient été récemment enduits dans toute leur étendue d'un gros plâtre que l'humidité de l'atmosphère avait empêché de durcir. De plus, dans l'un des murs, il y avait une saillie causée par une fausse cheminée, ou espèce d'âtre, qui avait été comblée et maçonnée dans le même genre que le reste de la cave. Je ne doutais pas qu'il ne me fût facile de déplacer les briques à cet endroit, d'y introduire le corps, et de murer le tout de la même manière, de sorte qu'aucun œil n'y pût rien découvrir de suspect.

Et je ne fus pas déçu dans mon calcul. À l'aide d'une pince, je délogeai très aisément les briques, et, ayant soigneusement appliqué le corps contre le mur intérieur, je le soutins dans cette position jusqu'à ce que j'eusse rétabli, sans trop de peine, toute la maçonnerie dans son état primitif. M'étant procuré du mortier, du sable et du poil avec toutes les précautions imaginables, je préparai un crépi qui ne pouvait pas être distingué de l'ancien, et j'en recouvris très soigneusement le nouveau briquetage. Quand j'eus fini, je vis avec satisfaction que tout était pour le mieux. Le mur ne présentait pas la plus légère trace de dérangement. J'enlevai tous les gravats avec le plus grand soin, j'épluchai pour ainsi dire le sol. Je regardai triomphalement autour de moi, et me dis à moi-même: Ici, au moins, ma peine n'aura pas été perdue !

Mon premier mouvement fut de chercher la bête qui avait été la cause d'un si grand malheur; car, à la fin, j'avais résolu fermement de la mettre à mort. Si j'avais pu la rencontrer dans ce moment, sa destinée était claire; mais il paraît que l'artificieux animal avait été alarmé par la violence de ma récente colère, et qu'il prenait soin de ne pas se montrer dans l'état actuel de mon humeur. Il est impossible de décrire ou d'imaginer la profonde, la béate sensation de soulagement que l'absence de la détestable créature détermina dans mon cœur. Elle ne se présenta pas de toute la nuit, et ainsi ce fut la première bonne nuit, — depuis son introduction dans la maison, — que je dormis solidement et tranquillement; oui, je *dormis* avec le poids de ce meurtre sur l'âme !

Le second et le troisième jour s'écoulèrent, et cependant mon bourreau ne vint pas. Une fois encore je respirai comme un homme libre. Le monstre, dans sa terreur, avait vidé les lieux pour toujours! Je ne le verrais donc plus jamais! Mon bonheur était suprême! La criminalité de ma ténébreuse action ne m'inquiétait que fort peu. On avait bien fait une espèce d'enquête, mais elle s'était satisfaite à bon marché. Une perquisition avait même été ordonnée, — mais naturellement on ne pouvait rien découvrir. Je regardais ma félicité à venir comme assurée.

Le quatrième jour depuis l'assassinat, une troupe d'agents de police vint très inopinément à la maison, et procéda de nouveau à une rigoureuse investigation des lieux. Confiant, néanmoins, dans l'impénétrabilité de la cachette, je n'éprouvai aucun embarras. Les officiers me firent les accompagner dans leur recherche. Ils ne laissèrent pas un coin, pas un angle inexploré. À la fin, pour la troisième ou quatrième fois, ils descendirent dans la cave. Pas un muscle en moi ne tressaillit. Mon cœur battait paisiblement, comme celui d'un homme qui dort dans l'innocence. J'arpentais la cave d'un bout à l'autre; je croisais mes bras sur ma poitrine, et me promenais çà et là avec aisance. La police était pleinement satisfaite et se préparait à décamper. La jubilation de mon cœur était trop forte pour être réprimée. Je brûlais de dire au moins un mot, rien qu'un mot, en manière de triomphe, et de rendre deux fois plus convaincue leur conviction de mon innocence.

- Gentlemen, — dis-je à la fin, — comme leur troupe remontait l'escalier, — je suis enchanté d'avoir apaisé vos soupçons. Je vous souhaite à tous une bonne santé et un peu plus de courtoisie. Soit dit en passant, gentlemen, voilà, voilà une maison singulièrement bien bâtie (dans mon désir enragé de dire quelque chose d'un air délibéré, je savais à peine ce que je débitais); — je puis dire que c'est une maison *admirablement* bien construite. Ces murs, — est-ce que vous partez, gentlemen? — ces murs sont solidement maçonnés !

Et ici, par une bravade frénétique, je frappai fortement avec une canne que j'avais à la main juste sur la partie du briquetage derrière laquelle se tenait le cadavre de l'épouse de mon cœur.

Ah! qu'au moins Dieu me protège et me délivre des griffes de l'Archidémon! — À peine l'écho de mes coups était-il tombé dans le silence, qu'une voix me répondit du fond de la tombe! — une plainte, d'abord voilée et entrecoupée, comme le sanglotement d'un enfant, puis, bientôt, s'enflant en un cri prolongé, sonore et continu, tout à fait anormal et antihumain, — un hurlement, — un glapissement, moitié horreur et moitié triomphe, — comme il peut en monter seulement de l'Enfer, — affreuse harmonie jaillissant à la fois de la gorge des damnés dans leurs tortures, et des démons exultant dans la damnation !

Vous dire mes pensées, ce serait folie. Je me sentis défaillir, et je chancelai contre le mur opposé. Pendant un moment, les officiers placés sur les marches restèrent immobiles, stupéfiés par la terreur. Un instant après, une douzaine de bras robustes s'acharnaient sur le mur. Il tomba tout d'une pièce. Le corps, déjà grandement délabré et souillé de sang grumelé, se tenait droit devant les yeux des spectateurs. Sur sa tête, avec la gueule rouge dilatée et l'œil unique flamboyant, était perchée la hideuse bête dont l'astuce m'avait induit à l'assassinat, et dont la voix révélatrice m'avait livré au bourreau. J'avais muré le monstre dans la tombe !

Histoire d'un chien

Guy de Maupassant

Toute la presse a répondu dernièrement à l'appel de la Société protectrice des animaux, qui veut fonder un asile pour les bêtes. Ce serait là une espèce d'hospice, et un refuge où les pauvres chiens sans maître trouveraient la nourriture et l'abri, au lieu du nœud coulant que leur réserve l'administration.

Les journaux, à ce propos, ont rappelé la fidélité des bêtes, leur intelligence, leur dévouement. Ils ont cité des traits de sagacité étonnante. Je veux à mon tour raconter l'histoire d'un chien perdu, mais d'un chien du commun, laid, d'allure vulgaire. Cette histoire, toute simple, est vraie de tout point.

Dans la banlieue de Paris, sur les bords de la Seine, vit une famille de bourgeois riches. Ils ont un hôtel élégant, grand jardin, chevaux et voitures, et de nombreux domestiques. Le cocher s'appelle François. C'est un gars de la campagne, à moitié dégourdi seulement, un peu lourdaud, épais, obtus, et bon garçon.

Comme il rentrait un soir chez ses maîtres, un chien se mit à le suivre. Il n'y prit point garde d'abord ; mais l'obstination de la bête à marcher sur ses talons le fit bientôt se retourner. Il regarda s'il connaissait ce chien : mais non, il ne l'avait jamais vu.

C'était une chienne d'une maigreur affreuse, avec de grandes mamelles pendantes. Elle trottinait derrière l'homme d'un air lamentable et affamé, la queue serrée entre les pattes, les oreilles collées contre la tête ; et, quand il s'arrêtait, elle s'arrêtait, repartant quand il repartait.

Il voulut chasser ce squelette de bête ; et cria : "Va-t'en, veux-tu te sauver, houe ! houe !" Elle s'éloigna de deux ou trois pas, et se planta sur son derrière, attendant ; puis, dès que le cocher se remit en marche, elle repartit derrière lui.

Il fit semblant de ramasser des pierres. L'animal s'enfuit un peu plus loin, avec un grand ballottement de ses mamelles flasques ; mais il revint aussitôt que l'homme eut le dos tourné. Alors le cocher François l'appela. La chienne s'approcha timidement, l'échine pliée comme un cercle et toutes les côtes soulevant la peau. Il caressa ces os saillants, et, pris de pitié pour cette misère de bête : "Allons, viens !" dit-il. Aussitôt elle remua la queue, se sentant accueillie, adoptée, et au lieu de rester dans les mollets du maître qu'elle avait choisi, elle commença à courir devant lui.

Il l'installa sur la paille de l'écurie, puis courut à la cuisine chercher du pain. Quand elle eut mangé tout son soûl, elle s'endormit, couchée en rond.

Le lendemain, les maîtres, avertis par le cocher, permirent qu'il gardât l'animal. Cependant la présence de cette bête dans la maison devint bientôt une cause d'ennuis incessants. Elle était assurément la plus dévergondée des chiennes ; et, d'un bout à l'autre de l'année, les prétendants à quatre pattes firent le siège de sa demeure. Ils rôdaient sur la route, devant la porte, se faufilaient par toutes les issues de la haie vive qui clôturait le jardin, dévastaient les plates-bandes, arrachant les fleurs, faisant des trous dans les corbeilles, exaspéraient le jardinier. Jour et nuit c'était un concert de hurlements et des batailles sans fin.

Les maîtres trouvaient jusque dans l'escalier, tantôt de petits roquets à queue empanachée, des chiens jaunes, rôdeurs de bornes, vivant d'ordures, tantôt des terre-neuve énormes à poils frisés, des caniches moustachus, tous les échantillons de la race aboyante.

La chienne, que François avait, sans malice, appelée "Cocote" (et elle méritait son nom), recevait tous ces hommages ; et elle produisait, avec une fécondité vraiment phénoménale, des multitudes de petits chiens de toutes les espèces connues. Tous les quatre mois, le cocher allait à la rivière noyer une demi-douzaine d'êtres grouillants, qui piaulaient déjà et ressemblaient à des crapauds.

Cocote était maintenant devenue énorme. Autant elle avait été maigre, autant elle était obèse, avec un ventre gonflé sous lequel traînaient toujours ses longues mamelles ballottantes. Elle avait engraissé tout d'un coup, en quelques jours ; et elle marchait avec peine, les pattes écartées à la façon des gens trop gros, la gueule ouverte pour souffler, et exténuée aussitôt qu'elle s'était promenée dix minutes.

Le cocher François disait d'elle : "C'est une bonne bête pour sûr, mais qu'est, ma foi, bien déréglée."

Le jardinier se plaignait tous les jours. La cuisinière en fit autant. Elle trouvait des chiens sous son fourneau, sous les chaises, dans la soupente au charbon ; et ils volaient tout ce qui traînait.

Le maître ordonna à François de se débarrasser de Cocote. Le domestique désespéré pleura, mais il dut obéir. Il offrit la chienne à tout le monde. Personne n'en voulut. Il essaya de la perdre ; elle revint. Un voyageur de commerce la mit dans le coffre de sa voiture pour la lâcher dans une ville éloignée. La chienne retrouva sa route, et, malgré sa bedaine tombante, sans manger sans doute, en un jour, elle fut de retour ; et elle rentra tranquillement se coucher dans son écurie.

Cette fois, le maître se fâcha et, ayant appelé François, lui dit avec colère : "Si vous ne me flanquez pas cette bête à l'eau avant demain, je vous fiche à la porte, entendez-vous !"

L'homme fut atterré, il adorait Cocote. Il remonta dans sa chambre, s'assit sur son lit, puis fit sa malle pour partir. Mais il réfléchit qu'une place nouvelle serait impossible à trouver, car personne ne voudrait de lui tant qu'il traînerait sur ses talons cette chienne, toujours suivie d'un régiment de chiens. Donc il fallait s'en défaire. Il ne pouvait la placer ; il ne pouvait la perdre ; la rivière était le seul moyen. Alors il pensa à donner vingt sous à quelqu'un pour accomplir l'exécution. Mais, à cette pensée, un chagrin aigu lui vint ; il réfléchit qu'un autre peut-être la ferait souffrir, la battrait en route, lui rendrait durs les derniers moments, lui laisserait comprendre qu'on voulait la tuer, car elle comprenait tout, cette bête ! Et il se décida à faire la chose lui-même.

Il ne dormit pas. Dès l'aube, il fut debout, et, s'emparant d'une forte corde, il alla chercher Cocote. Elle se leva lentement, se secoua, étira ses membres et vint fêter son maître.

Alors il s'assit et, la prenant sur ses genoux, la caressa longtemps, l'embrassa sur le museau ; puis, se levant, il dit : "Viens." Et elle remua la queue, comprenant qu'on allait sortir.

Ils gagnèrent la berge, et il choisit une place où l'eau semblait profonde.

Alors il noua un bout de la corde au cou de la bête, et, ramassant une grosse pierre, l'attacha à l'autre bout. Après quoi, il saisit la chienne en ses bras et la baisa furieusement, comme une personne qu'on va quitter. Il la tenait serrée sur sa poitrine, la berçait ; et elle se laissait faire, en grognant de satisfaction.

Dix fois, il la voulut jeter ; chaque fois, la force lui manqua. Mais tout à coup il se décida et, de toute sa force, il la lança le plus loin possible. Elle flotta une seconde, se débattant, essayant de nager comme lorsqu'on la baignait : mais la pierre l'entraînait au fond ; elle eut un regard d'angoisse ; et sa tête disparut la première, pendant que ses pattes de derrière, sortant de l'eau, s'agitaient encore. Puis quelques bulles d'air apparurent à la surface. François croyait voir sa chienne se tordant dans la vase du fleuve.

Il faillit devenir idiot, et pendant un mois il fut malade, hanté par le souvenir de Cocote qu'il entendait aboyer sans cesse.

Il l'avait noyée vers la fin d'avril. Il ne reprit sa tranquillité que longtemps après. Enfin il n'y pensait plus guère, quand, vers le milieu de juin, ses maîtres partirent et l'emmenèrent aux environs de Rouen où ils allaient passer l'été.

Un matin, comme il faisait très chaud, François sortit pour se baigner dans la Seine. Au moment d'entrer dans l'eau, une odeur nauséabonde le fit regarder autour de lui, et il aperçut dans les roseaux une charogne, un corps de chien en putréfaction. Il s'approcha, surpris par la couleur du poil. Une corde pourrie serrait encore son cou. C'était sa chienne, Cocote, portée par le courant à soixante lieues de Paris.

Il restait debout avec de l'eau jusqu'aux genoux, effaré, bouleverse comme devant un miracle, en face d'une apparition vengeresse. Il se rhabilla tout de suite et, pris d'une peur folle, se mit à marcher au hasard devant lui, la tête perdue. Il erra tout le jour ainsi et, le soir venu, demanda sa route, qu'il ne retrouvait pas. Jamais depuis il n'a osé toucher un chien.

Cette histoire n'a qu'un mérite : elle est vraie, entièrement vraie. Sans la rencontre étrange du chien mort, au bout de six semaines et à soixante lieues plus loin, je ne l'eusse point remarquée, sans doute ; car combien en voit-on, tous les jours, de ces pauvres bêtes sans abri !

Si le projet de la Société protectrice des animaux réussit, nous rencontrerons peut-être moins de ces cadavres à quatre pattes échoués sur les berges du fleuve.

D'incroyables talents littéraires,

ce sont aussi des auteurs qui savent décrire

ce qui se passe dans une tête rongée par le trouble.

Quand la peur et la psychose hantent les nouvelles,

elles hantent avant tout les personnages.

La Chevelure

Guy de Maupassant

Les murs de la cellule étaient nus, peints à la chaux. Une fenêtre étroite et grillée, percée très haut de façon qu'on ne pût pas y atteindre, éclairait cette petite pièce claire et sinistre; et le fou, assis sur une chaise de paille, nous regardait d'un œil fixe, vague et hanté. Il était fort maigre avec des joues creuses et des cheveux presque blancs qu'on devinait blanchis en quelques mois. Ses vêtements semblaient trop larges pour ses membres secs, pour sa poitrine rétrécie, pour son ventre creux. On sentait cet homme ravagé, rongé par sa pensée, par une Pensée, comme un fruit par un ver. Sa Folie, son idée était là, dans cette tête, obstinée, harcelante, dévorante. Elle mangeait le corps peu à peu. Elle, l'Invisible, l'Impalpable, l'Insaisissable, l'Immatérielle Idée minait la chair, buvait le sang, éteignait la vie. Quel mystère que cet homme tué par un Songe ! Il faisait peine, peur et pitié, ce Possédé ! Quel rêve étrange, épouvantable et mortel habitait dans ce front, qu'il plissait de rides profondes, sans cesse remuantes ?

Le médecin me dit :

- Il a de terribles accès de fureur, c'est un des déments les plus singuliers que j'ai vus. Il est atteint de folie érotique et macabre. C'est une sorte de nécrophile. Il a d'ailleurs écrit son journal qui nous montre le plus clairement du monde la maladie de son esprit. Sa folie y est pour ainsi dire palpable. Si cela vous intéresse vous pouvez parcourir ce document.

Je suivis le docteur dans son cabinet, et il me remit le journal de ce misérable homme.

- Lisez, dit-il, et vous me direz votre avis.

Voici ce que contenait ce cahier :

*

Jusqu'à l'âge de trente-deux ans, je vécus tranquille, sans amour. La vie m'apparaissait très simple, très bonne et très facile. J'étais riche. J'avais du goût pour tant de choses que je ne pouvais éprouver de passion pour rien. C'est bon de vivre ! Je me réveillais heureux, chaque jour, pour faire des choses qui me plaisaient, et je me couchais satisfait, avec l'espérance paisible du lendemain et de l'avenir sans souci.

J'avais eu quelques maîtresses sans avoir jamais senti mon cœur affolé par le désir ou mon âme meurtrie d'amour après la possession. C'est bon de vivre ainsi. C'est meilleur d'aimer, mais terrible. Encore, ceux qui aiment comme tout le monde doivent-ils éprouver un ardent bonheur, moindre que le mien peut-être, car l'amour est venu me trouver d'une incroyable manière.

Etant riche, je recherchais les meubles anciens et les vieux objets; et souvent je pensais aux mains inconnues qui avaient palpé ces choses, aux yeux qui les avaient admirées, aux cœurs qui les avaient aimées, car on aime les choses ! Je restais souvent pendant des heures, des heures et des heures, à regarder une petite montre du siècle dernier. Elle était si mignonne, si jolie, avec son émail et son or ciselé. Et elle marchait encore comme au jour où une femme l'avait achetée dans le ravissement de posséder ce fin bijou. Elle n'avait point cessé de palpiter, de vivre sa vie de mécanique, et elle continuait toujours son tic-tac régulier, depuis un siècle passé. Qui donc l'avait portée la première sur son sein dans la tiédeur des étoffes, le cœur de la montre battant contre le cœur de la femme ? Quelle main l'avait tenue au bout de ses doigts un peu chauds, l'avait tournée, retournée, puis avait essuyé les bergers de porcelaine ternis une seconde par la moiteur de la peau ? Quels yeux avaient épié sur ce cadran fleuri l'heure attendue, l'heure chérie, l'heure divine ?

Comme j'aurais voulu la connaître, la voir, la femme qui avait choisi cet objet exquis et rare ! Elle est morte ! Je suis possédé par le désir des femmes d'autrefois; j'aime, de loin, toutes celles qui ont aimé ! L'histoire des tendresses passées m'emplit le cœur de regrets. Oh ! la beauté, les sourires, les caresses jeunes, les espérances ! Tout cela ne devrait-il pas être éternel !

Comme j'ai pleuré, pendant des nuits entières, sur les pauvres femmes de jadis, si belles, si tendres, si douces, dont les bras se sont ouverts pour le baiser et qui sont mortes ! Le baiser est immortel, lui ! Il va de lèvre en lèvre, de siècle en siècle, d'âge en âge. Les hommes le recueillent, le donnent et meurent.

Le passé m'attire, le présent m'effraie parce que l'avenir c'est la mort. Je regrette tout ce qui s'est fait, je pleure tous ceux qui ont vécu; je voudrais arrêter le temps, arrêter l'heure. Mais elle va, elle va, elle passe, elle me prend de seconde en seconde un peu de moi pour le néant de demain. Et je ne revivrai jamais.

Adieu celles d'hier. Je vous aime.

Mais je ne suis pas à plaindre. Je l'ai trouvée, moi, celle que j'attendais; et j'ai goûté par elle d'incroyables plaisirs.

Je rôdais dans Paris par un matin de soleil, l'âme en fête, le pied joyeux, regardant les boutiques avec cet intérêt vague du flâneur. Tout à coup, j'aperçus chez un marchand d'antiquités un meuble italien du XVII° siècle. Il était fort beau, fort rare. Je l'attribuai à un artiste vénitien du nom de Vitelli, qui fut célèbre à cette époque.

Puis je passai.

Pourquoi le souvenir de ce meuble me poursuivit-il avec tant de force que je revins sur mes pas ? Je m'arrêtai de nouveau devant le magasin pour le revoir, et je sentis qu'il me tentait.

Quelle singulière chose que la tentation ! On regarde un objet et, peu à peu, il vous séduit, vous trouble, vous envahit comme ferait un visage de femme. Son charme entre en vous, charme étrange qui vient de sa forme, de sa couleur, de sa physionomie de chose ; et on l'aime déjà, on le désire, on le veut. Un besoin de possession vous gagne, besoin doux d'abord, comme timide, mais qui s'accroît, devient violent, irrésistible. Et les marchands semblent deviner à la flamme du regard l'envie secrète et grandissante.

J'achetai ce meuble et je le fis porter chez moi tout de suite. Je le plaçai dans ma chambre.

Oh ! je plains ceux qui ne connaissent pas cette lune de miel du collectionneur avec le bibelot qu'il vient d'acheter. On le caresse de l'œil et de la main comme s'il était de chair; on revient à tout moment près de lui, on y pense toujours, où qu'on aille, quoi qu'on fasse. Son souvenir aimé vous suit dans la rue, dans le monde, partout; et quand on rentre chez soi, avant même d'avoir ôté ses gants et son chapeau, on va le contempler avec une tendresse d'amant.

Vraiment, pendant huit jours, j'adorai ce meuble. J'ouvrai à chaque instant ses portes, ses tiroirs; je le maniais avec ravissement, goûtant toutes les joies intimes de la possession.

Or, un soir, je m'aperçus, en tâtant l'épaisseur d'un panneau, qu'il devait y avoir là une cachette. Mon cœur se mit à battre, et je passai la nuit à chercher le secret sans le pouvoir découvrir.

J'y parvins le lendemain en enfonçant une lame dans une fente de la boiserie. Une planche glissa et j'aperçus, étalée sur un fond de velours noir, une merveilleuse chevelure de femme !

Oui, une chevelure, une énorme natte de cheveux blonds, presque roux, qui avaient dû être coupés contre la peau, et liés par une corde d'or.

Je demeurai stupéfait, tremblant, troublé ! Un parfum presque insensible, si vieux qu'il semblait l'âme d'une odeur, s'envolait de ce tiroir mystérieux et de cette surprenante relique.

Je la pris, doucement, presque religieusement, et je la tirai de sa cachette. Aussitôt elle se déroula, répandant son flot doré qui tomba jusqu'à terre, épais et léger, souple et brillant comme la queue en feu d'une comète.

Une émotion étrange me saisit. Qu'était-ce que cela ? quand ? comment ? pourquoi ces cheveux avaient-ils été enfermés dans ce meuble ? Quelle aventure, quel drame cachait ce souvenir ? Qui les avait coupés ? Un amant, un jour d'adieu ? un mari, un jour de vengeance ? ou bien celle qui les avait portés sur son front, un jour de désespoir ?

Etait-ce à l'heure d'entrer au cloître qu'on avait jeté là cette fortune d'amour, comme un gage laissé au monde des vivants ? Etait-ce à l'heure de la clouer dans la tombe, la jeune et belle morte, que celui qui l'adorait avait gardé la parure de sa tête, la seule chose qu'il pût conserver d'elle, la seule partie vivante de sa chair qui ne dût point pourrir, la seule qu'il pouvait aimer encore et caresser, et baiser dans ses rages de douleur ?

N'était-ce point étrange que cette chevelure fût demeurée ainsi, alors qu'il ne restait plus une parcelle du corps dont elle était née ?

Elle me coulait sur les doigts, me chatouillait la peau d'une caresse singulière, d'une caresse de morte. Je me sentais attendri comme si j'allais pleurer.

Je la gardai longtemps, longtemps en mes mains, puis il me sembla qu'elle m'agitait, comme si quelque chose de l'âme fût resté caché dedans. Et je la remis sur le velours terni par le temps, et je repoussai le tiroir, et je refermai le meuble, et je m'en allai par les rues pour rêver.

J'allais devant moi, plein de tristesse, et aussi plein de trouble, de ce trouble qui vous reste au cœur après un baiser d'amour. Il me semblait que j'avais vécu autrefois déjà, que j'avais dû connaître cette femme.

Et les vers de Villon me montèrent aux lèvres, ainsi qu'y monte un sanglot :

Dictes-moy où, ne en quel pays
Est Flora, la belle Romaine,
Archipiada, ne Thaïs,
Qui fut sa cousine germaine ?
Echo parlant quand bruyt on maine
Dessus rivière, ou sus estan ;
Qui beauté eut plus que humaine ?
Mais où sont les neiges d'antan ?

....

La royne blanche comme un lys
Qui chantait à voix de sereine,
Berthe au grand pied, Bietris, Allys,
Harembouges qui tint le Mayne,
Et Jehanne la bonne Lorraine
Que Anglais bruslèrent à Rouen ?
Où sont-ils, Vierge souveraine ?
Mais où sont les neiges d'antan ?

Quand je rentrai chez moi, j'éprouvai un irrésistible désir de revoir mon étrange trouvaille; et je la repris, et je sentis, en la touchant, un long frisson qui me courut dans les membres.

Durant quelques jours, il fallait que je la visse et que je la maniasse. Je tournais la clef de l'armoire avec ce frémissement qu'on a en ouvrant la porte de la bien-aimée, car j'avais aux mains et au cœur un besoin confus, singulier, continu, sensuel de tremper mes doigts dans ce ruisseau charmant de cheveux morts.

Puis, quand j'avais fini de la caresser, quand j'avais refermé le meuble, je la sentais là toujours, comme si elle eût été un être vivant, caché, prisonnier; je la sentais et je la désirais encore ; j'avais de nouveau le besoin impérieux de la reprendre, de la palper, de m'énerver jusqu'au malaise par ce contact froid, glissant, irritant, affolant, délicieux.

Je vécus ainsi un mois ou deux, je ne sais plus. Elle m'obsédait, me hantait. J'étais heureux et torturé, comme dans une attente d'amour, comme après les aveux qui précèdent l'étreinte.

Je m'enfermais seul avec elle pour la sentir sur ma peau, pour enfoncer mes lèvres dedans, pour la baiser, la mordre. Je l'enroulais autour de mon visage, je la buvais, je noyais mes yeux dans son onde dorée afin de voir le jour blond, à travers.

Je l'aimais ! Oui, je l'aimais. Je ne pouvais plus me passer d'elle, ni rester une heure sans la revoir.

Et j'attendais...j'attendais...quoi ? Je ne le savais pas ?

- Elle.

Une nuit je me réveillai brusquement avec la pensée que je ne me trouvais pas seul dans ma chambre.

J'étais seul pourtant. Mais je ne pus me rendormir ; et comme je m'agitais dans une fièvre d'insomnie, je me levai pour aller toucher la chevelure. Elle me parut plus douce que de coutume, plus animée. Les morts reviennent-ils ? Les baisers dont je la réchauffais me faisaient défaillir de bonheur ; et je l'emportai dans mon lit, et je me couchai, en la pressant sur mes lèvres, comme une maîtresse qu'on va posséder.

Les morts reviennent ! Elle est venue. Oui, je l'ai vue, je l'ai tenue, je l'ai eue, telle qu'elle était vivante autrefois, grande, blonde, grasse, les seins froids, la hanche en forme de lyre; et j'ai parcouru de mes caresses cette ligne ondulante et divine qui va de la gorge aux pieds en suivant toutes les courbes de la chair.

Oui, je l'ai eue, tous les jours, toutes les nuits. Elle est revenue, la Morte, la belle morte, l'Adorable, la Mystérieuse, l'Inconnue, toutes les nuits.

Mon bonheur fut si grand, que je ne l'ai pu cacher. J'éprouvais près d'elle un ravissement surhumain, la joie profonde, inexplicable, de posséder l'Insaisissable, l'Invisible, la Morte ! Nul amant ne goûta des jouissances plus ardentes, plus terribles !

Je n'ai point su cacher mon bonheur. Je l'aimais si fort que je n'ai plus voulu la quitter. Je l'ai emportée avec moi toujours, partout. Je l'ai promenée par la ville comme ma femme, et conduite au théâtre en des loges grillées, comme ma maîtresse...

Mais on l'a vue ... on a deviné ... on me l'a prise ... Et on m'a jeté dans une prison, comme un malfaiteur. On l'a prise ... oh ! misère !...

*

Le manuscrit s'arrêtait là. Et soudain, comme je relevais sur le médecin des yeux effarés, un cri épouvantable, un hurlement de fureur impuissante et de désir exaspéré s'éleva dans l'asile.

- Ecoutez-le, dit le docteur. Il faut doucher cinq fois par jour ce fou obscène. Il n'y a pas que le sergent Bertrand qui ait aimé les mortes.

Je balbutiai, ému d'étonnement, d'horreur et de pitié :

- Mais... cette chevelure... existe-t-elle réellement ?

117

Le médecin se leva, ouvrit une armoire pleine de fioles et d'instruments et il me jeta, à travers son cabinet, une longue fusée de cheveux blonds qui vola vers moi comme un oiseau d'or.

Je frémis en sentant sur mes mains son toucher caressant et léger. Et je restai le cœur battant de dégoût et d'envie, de dégoût comme au contact des objets traînés dans les crimes, d'envie comme devant la tentation d'une chose infâme et mystérieuse.

Le médecin reprit en haussant les épaules :

- L'esprit de l'homme est capable de tout.

Le Cœur révélateur

Edgar Allan Poe

Traduit en français par Charles Baudelaire

V rai ! — je suis très nerveux, épouvantablement nerveux, — je l'ai toujours été ; mais pourquoi prétendez-vous que je suis fou ? La maladie a aiguisé mes sens, — elle ne les a pas détruits, — elle ne les a pas émoussés. Plus que tous les autres, j'avais le sens de l'ouïe très fin. J'ai entendu toutes choses du ciel et de la terre. J'ai entendu bien des choses de l'enfer. Comment donc suis-je fou? Attention ! Et observez avec quelle santé, — avec quel calme je puis vous raconter toute l'histoire.

Il est impossible de dire comment l'idée entra primitivement dans ma cervelle ; mais, une fois conçue, elle me hanta nuit et jour. D'objet, il n'y en avait pas. La passion n'y était pour rien. J'aimais le vieux bonhomme. Il ne m'avait jamais fait de mal. Il ne m'avait jamais insulté. De son or je n'avais aucune envie. Je crois que c'était son œil ! Oui, c'était cela ! Un de ses yeux ressemblait à celui d'un vautour, — un œil bleu pâle, avec une taie dessus. Chaque fois que cet œil tombait sur moi, mon sang se glaçait ; et ainsi, lentement, — par degrés, — je me mis en tête d'arracher la vie du vieillard, et par ce moyen de me délivrer de l'œil à tout jamais.

Maintenant, voici le hic ! Vous me croyez fou. Les fous ne savent rien de rien. Mais si vous m'aviez vu ! Si vous aviez vu avec quelle sagesse je procédai ! — avec quelle précaution, — avec quelle prévoyance, — avec quelle dissimulation je me mis à l'œuvre ! Je ne fus jamais plus aimable pour le vieux que pendant la semaine entière qui précéda le meurtre. Et, chaque nuit, vers minuit, je tournais le loquet de sa porte, et je l'ouvrais, — oh ! si doucement ! Et alors, quand je l'avais suffisamment entrebâillée pour ma tête, j'introduisais une lanterne sourde, bien fermée, bien fermée, ne laissant filtrer aucune lumière ; puis je passais la tête. Oh ! vous auriez ri de voir avec quelle adresse je passais ma tête ! Je la mouvais lentement, — très, très lentement, — de manière à ne pas troubler le sommeil du vieillard. Il me fallait bien une heure pour introduire toute ma tête à travers l'ouverture, assez avant pour le voir couché sur son lit. Ah ! un fou aurait-il été aussi prudent ? — Et alors, quand ma tête était bien dans la chambre, j'ouvrais la lanterne avec précaution, — oh ! avec quelle précaution, avec quelle précaution ! — car la charnière criait. — Je l'ouvrais juste assez pour qu'un filet imperceptible de lumière tombât sur l'œil de vautour. Et cela, je l'ai fait pendant sept longues nuits, — chaque nuit juste à minuit ; — mais je trouvai toujours l'œil fermé ; et ainsi il me fut impossible d'accomplir l'œuvre ; car ce n'était pas le vieil homme qui me vexait, mais son Mauvais Œil. Et chaque matin, quand le jour paraissait, j'entrais hardiment dans sa chambre, je lui parlais courageusement, l'appelant par son nom d'un ton cordial, et m'informant comment il avait passé la nuit. Ainsi, vous voyez qu'il eût été un vieillard bien profond, en vérité, s'il avait soupçonné que chaque nuit, juste à minuit, je l'examinais pendant son sommeil.

La huitième nuit, je mis encore plus de précaution à ouvrir la porte. La petite aiguille d'une montre se meut plus vite que ne faisait ma main. Jamais, avant cette nuit, je n'avais senti toute l'étendue de mes facultés, — de ma sagacité. Je pouvais à peine contenir mes sensations de triomphe. Penser que j'étais là, ouvrant la porte, petit à petit, et qu'il ne rêvait même pas de mes actions ou de mes pensées secrètes ! A cette idée, je lâchai un petit rire ; et peut-être m'entendit-il, car il remua soudainement sur son lit, comme s'il se réveillait. Maintenant, vous croyez peut-être que je me retirai, — mais non. Sa chambre était aussi noire que de la poix, tant les ténèbres étaient épaisses, — car les volets étaient soigneusement fermés, de crainte des voleurs, — et, sachant qu'il ne pouvait pas voir l'entrebâillement de la porte, je continuai à la pousser davantage, toujours davantage.

J'avais passé ma tête, et j'étais au moment d'ouvrir la lanterne, quand mon pouce glissa sur la fermeture de fer-blanc, et le vieil homme se dressa sur son lit, criant : — Qui est là ?

Je restai complètement immobile et ne dis rien. Pendant une heure entière, je ne remuai pas un muscle, et pendant tout ce temps je ne l'entendis pas se recoucher. Il était toujours sur son séant, aux écoutes ; — juste comme j'avais fait pendant des nuits entières, écoutant les horloges-de-mort dans le mur.

Mais voilà que j'entendis un faible gémissement, et je reconnus que c'était le gémissement d'une terreur mortelle. Ce n'était pas un gémissement de douleur ou de chagrin ; — oh ! non, — c'était le bruit sourd et étouffé qui s'élève du fond d'une âme surchargée d'effroi. Je connaissais bien ce bruit. Bien des nuits, à minuit juste, pendant que le monde entier dormait, il avait jailli de mon propre sein, creusant avec son terrible écho les terreurs qui me travaillaient. Je dis que je le connaissais bien. Je savais ce qu'éprouvait le vieil homme, et j'avais pitié de lui, quoique j'eusse le rire dans le cœur. Je savais qu'il était resté éveillé, depuis le premier petit bruit, quand il s'était retourné dans son lit. Ses craintes avaient toujours été grossissant. Il avait tâché de se persuader qu'elles étaient sans cause ; mais il n'avait pas pu. Il s'était dit à lui-même : — Ce n'est rien, que le vent dans la cheminée ; — ce n'est qu'une souris qui traverse le parquet ; — ou : c'est simplement un grillon qui a poussé son cri. — Oui, il s'est efforcé de se fortifier avec ces hypothèses ; mais tout cela a été vain. *Tout a été vain*, parce que la Mort qui s'approchait avait passé devant lui avec sa grande ombre noire, et qu'elle avait ainsi enveloppé sa victime. Et c'était l'influence funèbre de l'ombre inaperçue qui lui faisait sentir, — quoiqu'il ne vît et n'entendît rien, — qui lui faisait *sentir* la présence de ma tête dans la chambre.

Quand j'eus attendu un long temps très patiemment, sans l'entendre se recoucher, je me résolus à entrouvrir un peu la lanterne, — mais si peu, si peu que rien. Je l'ouvris donc, — si furtivement, si furtivement que vous ne sauriez l'imaginer, — jusqu'à ce qu'enfin un seul rayon pâle, comme un fil d'araignée, s'élançât de la fente et s'abattît sur l'œil de vautour.

Il était ouvert, — tout grand ouvert, — et j'entrai en fureur aussitôt que je l'eus regardé. Je le vis avec une parfaite netteté, tout entier d'un bleu terne et recouvert d'un voile hideux qui glaçait la moelle dans mes os ; mais je ne pouvais voir que cela de la face ou de la personne du vieillard ; car j'avais dirigé le rayon, comme par instinct, précisément sur la place maudite.

Et maintenant, ne vous ai-je pas dit que ce que vous preniez pour de la folie n'est qu'une hyperacuité des sens ? — Maintenant, je vous le dis, un bruit sourd, étouffé, fréquent, vint à mes oreilles, semblable à celui que fait une montre enveloppée dans du coton. *Ce son-là*, je le reconnus bien aussi. C'était le battement du cœur du vieux. Il accrut ma fureur, comme le battement du tambour exaspère le courage du soldat.

Mais je me contins encore, et je restai sans bouger. Je respirais à peine. Je tenais la lanterne immobile. Je m'appliquais à maintenir le rayon droit sur l'œil. En même temps, la charge infernale du cœur battait plus fort ; elle devenait de plus en plus précipitée, et à chaque instant de plus en plus haute. La terreur du vieillard *devait* être extrême ! Ce battement, dis-je, devenait de plus en plus fort à chaque minute ! — Me suivez-vous bien ? Je vous ai dit que j'étais nerveux ; je le suis en effet. Et maintenant, au plein cœur de la nuit, parmi le silence redoutable de cette vieille maison, un si étrange bruit jeta en moi une terreur irrésistible. Pendant quelques minutes encore je me contins et restai calme. Mais le battement devenait toujours plus fort, toujours plus fort ! Je croyais que le cœur allait crever. Et voilà qu'une nouvelle angoisse s'empara de moi : — le bruit pouvait être entendu par un voisin ! L'heure du vieillard était venue ! Avec un grand hurlement, j'ouvris brusquement la lanterne et m'élançai dans la chambre. Il ne poussa qu'un cri, — un seul. En un instant je le précipitai sur le parquet, et je renversai sur lui tout le poids écrasant du lit. Alors je souris avec bonheur, voyant ma besogne fort avancée. Mais, pendant quelques minutes, le cœur battit avec un son voilé. Cela toutefois ne me tourmenta pas ; on ne pouvait l'entendre à travers le mur. À la longue il cessa. Le vieux était mort. Je relevai le lit, et j'examinai le corps. Oui, il était roide, roide mort. Je plaçai ma main sur le cœur, et l'y maintins plusieurs minutes. Aucune pulsation. Il était roide mort. Son œil désormais ne me tourmenterait plus.

Si vous persistez à me croire fou, cette croyance s'évanouira quand je vous décrirai les sages précautions que j'employai pour dissimuler le cadavre. La nuit avançait, et je travaillai vivement, mais en silence. Je coupai la tête, puis les bras, puis les jambes.

Puis j'arrachai trois planches du parquet de la chambre, et je déposai le tout entre les voliges. Puis je replaçai les feuilles si habilement, si adroitement, qu'aucun œil humain, — pas même *le sien !* — n'aurait pu y découvrir quelque chose de louche. Il n'y avait rien à laver, — pas une souillure, — pas une tache de sang. J'avais été trop bien avisé pour cela. Un baquet avait tout absorbé, — ha ! ha !

Quand j'eus fini tous ces travaux, il était quatre heures, — il faisait toujours aussi noir qu'à minuit. Pendant que le timbre sonnait l'heure, on frappa à la porte de la rue. Je descendis pour ouvrir avec un cœur léger, — car qu'avais-je à craindre *maintenant ?* Trois hommes entrèrent qui se présentèrent, avec une parfaite suavité, comme officiers de police. Un cri avait été entendu par un voisin pendant la nuit ; cela avait éveillé le soupçon de quelque mauvais coup ; une dénonciation avait été transmise au bureau de police, et ces messieurs (les officiers) avaient été envoyés pour visiter les lieux.

Je souris, — car qu'avais-je à craindre? Je souhaitai la bienvenue à ces gentlemen. — Le cri, dis-je, c'était moi qui l'avais poussé dans un rêve. Le vieux bonhomme, ajoutai-je, était en voyage dans le pays. Je promenai mes visiteurs par toute la maison. Je les invitai à chercher, et à *bien* chercher. À la fin, je les conduisis dans *sa* chambre. Je leur montrai ses trésors, en parfaite sûreté, parfaitement en ordre. Dans l'enthousiasme de ma confiance, j'apportai des sièges dans la chambre, et les priai de s'y reposer de leur fatigue, tandis que moi-même, avec la folle audace d'un triomphe parfait, j'installai ma propre chaise sur l'endroit même qui recouvrait le corps de la victime.

Les officiers étaient satisfaits. Mes manières les avaient convaincus. Je me sentais singulièrement à l'aise. Ils s'assirent, et ils causèrent de choses familières auxquelles je répondis gaiement. Mais, au bout de peu de temps, je sentis que je devenais pâle, et je souhaitai leur départ. Ma tête me faisait mal, et il me semblait que les oreilles me tintaient ; mais ils restaient toujours assis, et toujours ils causaient. Le tintement devint plus distinct ; — il persista et devint encore plus distinct ; je bavardai plus abondamment pour me débarrasser de cette sensation ; mais elle tint bon, et prit un caractère tout à fait décidé, — tant qu'à la fin je découvris que le bruit n'était pas dans mes oreilles.

Sans doute je devins alors très pâle ; — mais je bavardais encore plus couramment et en haussant la voix. Le son augmentait toujours, — et que pouvais-je faire ?

C'était *un bruit sourd, étouffé, fréquent, ressemblant beaucoup à celui que ferait une montre enveloppée dans du coton.* Je respirai laborieusement, — les officiers n'entendaient pas encore. Je causai plus vite, — avec plus de véhémence ; mais le bruit croissait incessamment. — Je me levai, et je disputai sur des niaiseries, dans un diapason très élevé et avec une violente gesticulation ; mais le bruit montait, montait toujours. — Pourquoi ne *voulaient-ils pas* s'en aller ? — J'arpentai çà et là le plancher lourdement et à grands pas, comme exaspéré par les observations de mes contradicteurs ; — mais le bruit croissait régulièrement. Oh ! Dieu ! que pouvais-je faire ? J'écumais, — je battais la campagne, — je jurais ! J'agitais la chaise sur laquelle j'étais assis, et je la faisais crier sur le parquet ; mais le bruit dominait toujours, et croissait indéfiniment. Il devenait plus fort, — plus fort ! — toujours plus fort ! Et toujours les hommes causaient, plaisantaient et souriaient. Était-il possible qu'ils n'entendissent pas ? Dieu tout-puissant ! — Non, non ! Ils entendaient ! — ils soupçonnaient ! — ils *savaient*, — ils se faisaient un amusement de mon effroi ! — je le crus, et je le crois encore. Mais n'importe quoi était plus tolérable que cette dérision ! Je ne pouvais pas supporter plus longtemps ces hypocrites sourires ! Je sentis qu'il fallait crier ou mourir ! — et maintenant encore, l'entendez-vous ? — écoutez ! plus haut ! — plus haut ! — toujours plus haut ! — *toujours plus haut !*

- Misérables ! — m'écriai-je, — ne dissimulez pas plus longtemps ! J'avoue la chose ! — arrachez ces planches ! c'est là, c'est là ! — c'est le battement de son affreux cœur !

Le Horla

Guy de Maupassant

8 mai. — Quelle journée admirable ! J'ai passé toute la matinée étendu sur l'herbe, devant ma maison, sous l'énorme platane qui la couvre, l'abrite et l'ombrage tout entière. J'aime ce pays, et j'aime y vivre parce que j'y ai mes racines, ces profondes et délicates racines, qui attachent un homme à la terre où sont nés et morts ses aïeux, qui l'attachent à ce qu'on pense et à ce qu'on mange, aux usages comme aux nourritures, aux locutions locales, aux intonations des paysans, aux odeurs du sol, des villages et de l'air lui-même.

J'aime ma maison où j'ai grandi. De mes fenêtres, je vois la Seine qui coule, le long de mon jardin, derrière la route, presque chez moi, la grande et large Seine, qui va de Rouen au Havre, couverte de bateaux qui passent.

À gauche, là-bas, Rouen, la vaste ville aux toits bleus, sous le peuple pointu des clochers gothiques. Ils sont innombrables, frêles ou larges, dominés par la flèche de fonte de la cathédrale, et pleins de cloches qui sonnent dans l'air bleu des belles matinées, jetant jusqu'à moi leur doux et lointain bourdonnement de fer, leur chant d'airain que la brise m'apporte, tantôt plus fort et tantôt plus affaibli, suivant qu'elle s'éveille ou s'assoupit.

Comme il faisait bon ce matin !

Vers onze heures, un long convoi de navires, traînés par un remorqueur, gros comme une mouche, et qui râlait de peine en vomissant une fumée épaisse, défila devant ma grille.

Après deux goélettes anglaises, dont le pavillon rouge ondoyait sur le ciel, venait un superbe trois-mats brésilien, tout blanc, admirablement propre et luisant. Je le saluai, je ne sais pourquoi, tant ce navire me fit plaisir à voir.

21 mai. — J'ai un peu de fièvre depuis quelques jours ; je me sens souffrant, ou plutôt je me sens triste.

D'où viennent ces influences mystérieuses qui changent en découragement notre bonheur et notre confiance en détresse. On dirait que l'air, l'air invisible est plein d'inconnaissables Puissances, dont nous subissons les voisinages mystérieux. Je m'éveille plein de gaîté, avec des envies de chanter dans la gorge. — Pourquoi ? — Je descends le long de l'eau ; et soudain, après une courte promenade, je rentre désolé, comme si quelque malheur m'attendait chez moi. — Pourquoi ? — Est-ce un frisson de froid qui, frôlant ma peau, a ébranlé mes nerfs et assombri mon âme ? Est-ce la forme des nuages, ou la couleur du jour, la couleur des choses, si variables, qui, passant par mes yeux, a troublé ma pensée ? Sait-on ? Tout ce qui nous entoure, tout ce que nous voyons sans le regarder, tout ce que nous frôlons sans le connaître, tout ce que nous touchons sans le palper, tout ce que nous rencontrons sans le distinguer, a sur nous, sur nos organes et, par eux, sur nos idées, sur notre cœur lui-même, des effets rapides, surprenants et inexplicables ?

Comme il est profond, ce mystère de l'Invisible ! Nous ne le pouvons sonder avec nos sens misérables, avec nos yeux qui ne savent apercevoir ni le trop petit, ni le trop grand, ni le trop près, ni le trop loin, ni les habitants d'une étoile, ni les habitants d'une goutte d'eau... avec nos oreilles qui nous trompent, car elles nous transmettent les vibrations de l'air en notes sonores. Elles sont des fées qui font ce miracle de changer en bruit ce mouvement et par cette métamorphose donnent naissance à la musique, qui rend chantante l'agitation muette de la nature... avec notre odorat, plus faible que celui du chien... avec notre goût, qui peut à peine discerner l'âge d'un vin !

Ah ! si nous avions d'autres organes qui accompliraient en notre faveur d'autres miracles, que de choses nous pourrions découvrir encore autour de nous !

16 mai. – Je suis malade, décidément ! Je me portais si bien le mois dernier ! J'ai la fièvre, une fièvre atroce, ou plutôt un énervement fiévreux, qui rend mon âme aussi souffrante que mon corps ! J'ai sans cesse cette sensation affreuse d'un danger menaçant, cette appréhension d'un malheur qui vient ou de la mort qui approche, ce pressentiment qui est sans doute l'atteinte d'un mal encore inconnu, germant dans le sang et dans la chair.

18 mai. – Je viens d'aller consulter mon médecin, car je ne pouvais plus dormir. Il m'a trouvé le pouls rapide, l'œil dilaté, les nerfs vibrants, mais sans aucun symptôme alarmant. Je dois me soumettre aux douches et boire du bromure de potassium.

25 mai. – Aucun changement ! Mon état, vraiment, est bizarre. À mesure qu'approche le soir, une inquiétude incompréhensible m'envahit, comme si la nuit cachait pour moi une menace terrible. Je dîne vite, puis j'essaie de lire ; mais je ne comprends pas les mots ; je distingue à peine les lettres. Je marche alors dans mon salon de long en large, sous l'oppression d'une crainte confuse et irrésistible, la crainte du sommeil et la crainte du lit.

Vers dix heures, je monte dans ma chambre. À peine entré, je donne deux tours de clef, et je pousse les verrous ; j'ai peur... de quoi ?... Je ne redoutais rien jusqu'ici... j'ouvre mes armoires, je regarde sous mon lit ; j'écoute... j'écoute... quoi ?... Est-ce étrange qu'un simple malaise, un trouble de la circulation peut-être, l'irritation d'un filet nerveux, un peu de congestion, une toute petite perturbation dans le fonctionnement si imparfait et si délicat de notre machine vivante, puisse faire un mélancolique du plus joyeux des hommes, et un poltron du plus brave ? Puis, je me couche, et j'attends le sommeil comme on attendrait le bourreau. Je l'attends avec l'épouvante de sa venue ; et mon cœur bat, et mes jambes frémissent ; et tout mon corps tressaille dans la chaleur des draps, jusqu'au moment où je tombe tout à coup dans le repos, comme on tomberait pour s'y noyer, dans un gouffre d'eau stagnante. Je ne le sens pas venir, comme autrefois, ce sommeil perfide, caché près de moi, qui me guette, qui va me saisir par la tête, me fermer les yeux, m'anéantir.

Je dors – longtemps – deux ou trois heures – puis un rêve – non – un cauchemar m'étreint. Je sens bien que je suis couché et que je dors... je le sens et je le sais... et je sens aussi que quelqu'un s'approche de moi, me regarde, me palpe, monte sur mon lit, s'agenouille sur ma poitrine, me prend le cou entre ses mains et serre... serre... de toute sa force pour m'étrangler.

Moi, je me débats, lié par cette impuissance atroce, qui nous paralyse dans les songes ; je veux crier, – je ne peux pas ; – je veux remuer, – je ne peux pas ; – j'essaie, avec des efforts affreux, en haletant, de me tourner, de rejeter cet être qui m'écrase et qui m'étouffe, – je ne peux pas !

Et soudain, je m'éveille, affolé, couvert de sueur. J'allume une bougie. Je suis seul.

Après cette crise, qui se renouvelle toutes les nuits, je dors enfin, avec calme, jusqu'à l'aurore.

2 juin. – Mon état s'est encore aggravé. Qu'ai-je donc ? Le bromure n'y fait rien ; les douches n'y font rien. Tantôt, pour fatiguer mon corps, si las pourtant, j'allai faire un tour dans la forêt de Roumare. Je crus d'abord que l'air frais, léger et doux, plein d'odeur d'herbes et de feuilles, me versait aux veines un sang nouveau, au cœur une énergie nouvelle. Je pris une grande avenue de chasse, puis je tournai vers La Bouille, par une allée étroite, entre deux armées d'arbres démesurément hauts qui mettaient un toit vert, épais, presque noir, entre le ciel et moi.

Un frisson me saisit soudain, non pas un frisson de froid, mais un étrange frisson d'angoisse.

Je hâtai le pas, inquiet d'être seul dans ce bois, apeuré sans raison, stupidement, par la profonde solitude. Tout à coup, il me sembla que j'étais suivi, qu'on marchait sur mes talons, tout près, à me toucher.

Je me retournai brusquement. J'étais seul. Je ne vis derrière moi que la droite et large allée, vide, haute, redoutablement vide ; et de l'autre côté elle s'étendait aussi à perte de vue, toute pareille, effrayante.

Je fermai les yeux. Pourquoi ? Et je me mis à tourner sur un talon, très vite, comme une toupie. Je faillis tomber ; je rouvris les yeux ; les arbres dansaient, la terre flottait ; je dus m'asseoir. Puis, ah ! je ne savais plus par où j'étais venu ! Bizarre idée ! Bizarre ! Bizarre idée ! Je ne savais plus du tout. Je partis par le côté qui se trouvait à ma droite, et je revins dans l'avenue qui m'avait amené au milieu de la forêt.

3 juin. – La nuit a été horrible. Je vais m'absenter pendant quelques semaines. Un petit voyage, sans doute, me remettra.

2 juillet. – Je rentre. Je suis guéri. J'ai fait d'ailleurs une excursion charmante. J'ai visité le mont Saint-Michel que je ne connaissais pas.

Quelle vision, quand on arrive, comme moi, à Avranches, vers la fin du jour ! La ville est sur une colline ; et on me conduisit dans le jardin public, au bout de la cité. Je poussai un cri d'étonnement. Une baie démesurée s'étendait devant moi, à perte de vue, entre deux côtes écartées se perdant au loin dans les brumes ; et au milieu de cette immense baie jaune, sous un ciel d'or et de clarté, s'élevait sombre et pointu un mont étrange, au milieu des sables. Le soleil venait de disparaître, et sur l'horizon encore flamboyant se dessinait le profil de ce fantastique rocher qui porte sur son sommet un fantastique monument.

Dès l'aurore, j'allai vers lui. La mer était basse, comme la veille au soir, et je regardais se dresser devant moi, à mesure que j'approchais d'elle, la surprenante abbaye. Après plusieurs heures de marche, j'atteignis l'énorme bloc de pierre qui porte la petite cité dominée par la grande église. Ayant gravi la rue étroite et rapide, j'entrai dans la plus admirable demeure gothique construite pour Dieu sur la terre, vaste comme une ville, pleine de salles basses écrasées sous des voûtes et de hautes galeries que soutiennent de frêles colonnes. J'entrai dans ce gigantesque bijou de granit, aussi léger qu'une dentelle, couvert de tours, de sveltes clochetons, où montent des escaliers tordus, et qui lancent dans le ciel bleu des jours, dans le ciel noir des nuits, leurs têtes bizarres hérissées de chimères, de diables, de bêtes fantastiques, de fleurs monstrueuses, et reliés l'un à l'autre par de fines arches ouvragées.

Quand je fus sur le sommet, je dis au moine qui m'accompagnait : « Mon Père, comme vous devez être bien ici ! »

Il répondit : « Il y a beaucoup de vent, monsieur » ; et nous nous mîmes à causer en regardant monter la mer, qui courait sur le sable et le couvrait d'une cuirasse d'acier.

Et le moine me conta des histoires, toutes les vieilles histoires de ce lieu, des légendes, toujours des légendes.

Une d'elles me frappa beaucoup. Les gens du pays, ceux du mont, prétendent qu'on entend parler la nuit dans les sables, puis qu'on entend bêler deux chèvres, l'une avec une voix forte, l'autre avec une voix faible. Les incrédules affirment que ce sont les cris des oiseaux de mer, qui ressemblent tantôt à des bêlements, et tantôt à des plaintes humaines ; mais les pêcheurs attardés jurent avoir rencontré, rôdant sur les dunes, entre deux marées, autour de la petite ville jetée ainsi loin du monde, un vieux berger, dont on ne voit jamais la tête couverte de son manteau, et qui conduit, en marchant devant eux, un bouc à figure d'homme et une chèvre à figure de femme, tous deux avec de longs cheveux blancs et parlant sans cesse, se querellant dans une langue inconnue, puis cessant soudain de crier pour bêler de toute leur force.

Je dis au moine : « Y croyez-vous ? »

Il murmura : « Je ne sais pas. »

Je repris : « S'il existait sur la terre d'autres êtres que nous, comment ne les connaîtrions-nous point depuis longtemps ; comment ne les auriez-vous pas vus, vous ? comment ne les aurais-je pas vus, moi ? »

Il répondit : « Est-ce que nous voyons la cent millième partie de ce qui existe ? Tenez, voici le vent, qui est la plus grande force de la nature, qui renverse les hommes, abat les édifices, déracine les arbres, soulève la mer en montagnes d'eau, détruit les falaises, et jette aux brisants les grands navires, le vent qui tue, qui siffle, qui gémit, qui mugit, – l'avez-vous vu, et pouvez-vous le voir ? Il existe, pourtant. »

Je me tus devant ce simple raisonnement. Cet homme était un sage ou peut-être un sot. Je ne l'aurais pu affirmer au juste ; mais je me tus. Ce qu'il disait là, je l'avais pensé souvent.

3 juillet. – J'ai mal dormi ; certes, il y a ici une influence fiévreuse, car mon cocher souffre du même mal que moi. En rentrant hier, j'avais remarqué sa pâleur singulière. Je lui demandai :

- Qu'est-ce que vous avez, Jean ?

- J'ai que je ne peux plus me reposer, monsieur, ce sont mes nuits qui mangent mes jours. Depuis le départ de monsieur, cela me tient comme un sort.

Les autres domestiques vont bien cependant, mais j'ai grand-peur d'être repris, moi.

4 juillet. – Décidément, je suis repris. Mes cauchemars anciens reviennent. Cette nuit, j'ai senti quelqu'un accroupi sur moi, et qui, sa bouche sur la mienne, buvait ma vie entre mes lèvres. Oui, il la puisait dans ma gorge, comme aurait fait une sangsue. Puis il s'est levé, repu, et moi je me suis réveillé, tellement meurtri, brisé, anéanti, que je ne pouvais plus remuer. Si cela continue encore quelques jours, je repartirai certainement.

5 juillet. – Ai-je perdu la raison ? Ce qui s'est passé, ce que j'ai vu la nuit dernière est tellement étrange, que ma tête s'égare quand j'y songe !

Comme je le fais maintenant chaque soir, j'avais fermé ma porte à clef ; puis, ayant soif, je bus un demi-verre d'eau, et je remarquai par hasard que ma carafe était pleine jusqu'au bouchon de cristal.

Je me couchai ensuite et je tombai dans un de mes sommeils épouvantables, dont je fus tiré au bout de deux heures environ par une secousse plus affreuse encore.

Figurez-vous un homme qui dort, qu'on assassine, et qui se réveille, avec un couteau dans le poumon, et qui râle, couvert de sang, et qui ne peut plus respirer, et qui va mourir, et qui ne comprend pas – voilà.

Ayant enfin reconquis ma raison, j'eus soif de nouveau ; j'allumai une bougie et j'allai vers la table où était posée ma carafe. Je la soulevai en la penchant sur mon verre ; rien ne coula. – Elle était vide ! Elle était vide complètement ! D'abord, je n'y compris rien ; puis, tout à coup, je ressentis une émotion si terrible, que je dus m'asseoir, ou plutôt, que je tombai sur une chaise ! puis, je me redressai d'un saut pour regarder autour de moi ! puis je me rassis, éperdu d'étonnement et de peur, devant le cristal transparent ! Je le contemplais avec des yeux fixes, cherchant à deviner. Mes mains tremblaient ! On avait donc bu cette eau ? Qui ? Moi ? moi, sans doute ? Ce ne pouvait être que moi ? Alors, j'étais somnambule, je vivais, sans le savoir, de cette double vie mystérieuse qui fait douter s'il y a deux êtres en nous, ou si un être étranger, inconnaissable et invisible, anime, par moments, quand notre âme est engourdie, notre corps captif qui obéit à cet autre, comme à nous-mêmes, plus qu'à nous-mêmes.

Ah ! qui comprendra mon angoisse abominable ? Qui comprendra l'émotion d'un homme, sain d'esprit, bien éveillé, plein de raison et qui regarde épouvanté, à travers le verre d'une carafe, un peu d'eau disparue pendant qu'il a dormi ! Et je restai là jusqu'au jour, sans oser regagner mon lit.

6 juillet. – Je deviens fou. On a encore bu toute ma carafe cette nuit ; – ou plutôt, je l'ai bue !

Mais, est-ce moi ? Est-ce moi ? Qui serait-ce ? Qui ? Oh ! mon Dieu ! Je deviens fou ! Qui me sauvera ?

10 juillet. – Je viens de faire des épreuves surprenantes.

Décidément, je suis fou ! Et pourtant !

Le 6 juillet, avant de me coucher, j'ai placé sur ma table du vin, du lait, de l'eau, du pain et des fraises.

On a bu – j'ai bu – toute l'eau, et un peu de lait. On n'a touché ni au vin, ni au pain, ni aux fraises.

Le 7 juillet, j'ai renouvelé la même épreuve, qui a donné le même résultat.

Le 8 juillet, j'ai supprimé l'eau et le lait. On n'a touché à rien.

Le 9 juillet enfin, j'ai remis sur ma table l'eau et le lait seulement, en ayant soin d'envelopper les carafes en des linges de mousseline blanche et de ficeler les bouchons. Puis, j'ai frotté mes lèvres, ma barbe, mes mains avec de la mine de plomb, et je me suis couché.

L'invincible sommeil m'a saisi, suivi bientôt de l'atroce réveil. Je n'avais point remué ; mes draps eux-mêmes ne portaient pas de taches. Je m'élançai vers ma table. Les linges enfermant les bouteilles étaient demeurés immaculés. Je déliai les cordons, en palpitant de crainte. On avait bu toute l'eau ! on avait bu tout le lait ! Ah ! mon Dieu !...

Je vais partir tout à l'heure pour Paris.

12 juillet. – Paris. J'avais donc perdu la tête les jours derniers ! J'ai dû être le jouet de mon imagination énervée, à moins que je ne sois vraiment somnambule, ou que j'aie subi une de ces influences constatées, mais inexplicables jusqu'ici, qu'on appelle suggestions. En tout cas, mon affolement touchait à la démence, et vingt-quatre heures de Paris ont suffi pour me remettre d'aplomb.

Hier, après des courses et des visites, qui m'ont fait passer dans l'âme de l'air nouveau et vivifiant, j'ai fini ma soirée au Théâtre-Français. On y jouait une pièce d'Alexandre Dumas fils ; et cet esprit alerte et puissant a achevé de me guérir. Certes, la solitude est dangereuse pour les intelligences qui travaillent. Il nous faut, autour de nous, des hommes qui pensent et qui parlent. Quand nous sommes seuls longtemps, nous peuplons le vide de fantômes.

Je suis rentré à l'hôtel très gai, par les boulevards. Au coudoiement de la foule, je songeais, non sans ironie, à mes terreurs, à mes suppositions de l'autre semaine, car j'ai cru, oui, j'ai cru qu'un être invisible habitait sous mon toit. Comme notre tête est faible et s'effare, et s'égare vite, dès qu'un petit fait incompréhensible nous frappe !

Au lieu de conclure par ces simples mots : « Je ne comprends pas parce que la cause m'échappe », nous imaginons aussitôt des mystères effrayants et des puissances surnaturelles.

14 juillet. – Fête de la République. Je me suis promené par les rues. Les pétards et les drapeaux m'amusaient comme un enfant. C'est pourtant fort bête d'être joyeux, à date fixe, par décret du gouvernement. Le peuple est un troupeau imbécile, tantôt stupidement patient et tantôt férocement révolté. On lui dit : « Amuse-toi. » Il s'amuse. On lui dit : « Va te battre avec le voisin. » Il va se battre. On lui dit : « Vote pour l'Empereur. » Il vote pour l'Empereur. Puis, on lui dit : « Vote pour la République. » Et il vote pour la République.

Ceux qui le dirigent sont aussi sots ; mais au lieu d'obéir à des hommes, ils obéissent à des principes, lesquels ne peuvent être que niais, stériles et faux, par cela même qu'ils sont des principes, c'est-à-dire des idées réputées certaines et immuables, en ce monde où l'on n'est sûr de rien, puisque la lumière est une illusion, puisque le bruit est une illusion.

16 juillet. – J'ai vu hier des choses qui m'ont beaucoup troublé.

Je dînais chez ma cousine, Mme Sablé, dont le mari commande le 76e chasseurs à Limoges. Je me trouvais chez elle avec deux jeunes femmes, dont l'une a épousé un médecin, le docteur Parent, qui s'occupe beaucoup des maladies nerveuses et des manifestations extraordinaires auxquelles donnent lieu en ce moment les expériences sur l'hypnotisme et la suggestion.

Il nous raconta longtemps les résultats prodigieux obtenus par des savants anglais et par les médecins de l'école de Nancy.

Les faits qu'il avança me parurent tellement bizarres, que je me déclarai tout à fait incrédule.

« Nous sommes, affirmait-il, sur le point de découvrir un des plus importants secrets de la nature, je veux dire, un de ses plus importants secrets sur cette terre ; car elle en a certes d'autrement importants, là-bas, dans les étoiles. Depuis que l'homme pense, depuis qu'il sait dire et écrire sa pensée, il se sent frôlé par un mystère impénétrable pour ses sens grossiers et imparfaits, et il tâche de suppléer, par l'effort de son intelligence, à l'impuissance de ses organes. Quand cette intelligence demeurait encore à l'état rudimentaire, cette hantise des phénomènes invisibles a pris des formes banalement effrayantes. De là sont nées les croyances populaires au surnaturel, les légendes des esprits rôdeurs, des fées, des gnomes, des revenants, je dirai même la légende de Dieu, car nos conceptions de l'ouvrier-créateur, de quelque religion qu'elles nous viennent, sont bien les inventions les plus médiocres, les plus stupides, les plus inacceptables sorties du cerveau apeuré des créatures. Rien de plus vrai que cette parole de Voltaire : « Dieu a fait l'homme à son image, mais l'homme le lui a bien rendu. »

« Mais, depuis un peu plus d'un siècle, on semble pressentir quelque chose de nouveau. Mesmer et quelques autres nous ont mis sur une voie inattendue, et nous sommes arrivés vraiment, depuis quatre ou cinq ans surtout, à des résultats surprenants. »

Ma cousine, très incrédule aussi, souriait. Le docteur Parent lui dit : – Voulez-vous que j'essaie de vous endormir, madame ?

- Oui, je veux bien.

Elle s'assit dans un fauteuil et il commença à la regarder fixement en la fascinant. Moi, je me sentis soudain un peu troublé, le cœur battant, la gorge serrée. Je voyais les yeux de Mme Sablé s'alourdir, sa bouche se crisper, sa poitrine haleter.

Au bout de dix minutes, elle dormait.

- Mettez-vous derrière elle, dit le médecin.

Et je m'assis derrière elle. Il lui plaça entre les mains une carte de visite en lui disant : « Ceci est un miroir ; que voyez-vous dedans ? »

Elle répondit :

- Je vois mon cousin.

- Que fait-il ?

- Il se tord la moustache.

- Et maintenant ?

- Il tire de sa poche une photographie.

- Quelle est cette photographie ?

- La sienne.

C'était vrai ! Et cette photographie venait de m'être livrée, le soir même, à l'hôtel.

- Comment est-il sur ce portrait ?

- Il se tient debout avec son chapeau à la main.

Donc elle voyait dans cette carte, dans ce carton blanc, comme elle eût vu dans une glace.

Les jeunes femmes, épouvantées, disaient : « Assez ! Assez ! Assez ! »

Mais le docteur ordonna : « Vous vous lèverez demain à huit heures ; puis vous irez trouver à son hôtel votre cousin, et vous le supplierez de vous prêter cinq mille francs que votre mari vous demande et qu'il vous réclamera à son prochain voyage. »

Puis il la réveilla.

En rentrant à l'hôtel, je songeai à cette curieuse séance et des doutes m'assaillirent, non point sur l'absolue, sur l'insoupçonnable bonne foi de ma cousine, que je connaissais comme une sœur, depuis l'enfance, mais sur une supercherie possible du docteur. Ne dissimulait-il pas dans sa main une glace qu'il montrait à la jeune femme endormie, en même temps que sa carte de visite ? Les prestidigitateurs de profession font des choses autrement singulières.

Je rentrai donc et je me couchai.

Or, ce matin, vers huit heures et demie, je fus réveillé par mon valet de chambre, qui me dit :

- C'est Mme Sablé qui demande à parler à monsieur tout de suite.

Je m'habillai à la hâte et je la reçus.

Elle s'assit fort troublée, les yeux baissés, et, sans lever son voile, elle me dit :

- Mon cher cousin, j'ai un gros service à vous demander.

- Lequel, ma cousine ?

- Cela me gêne beaucoup de vous le dire, et pourtant, il le faut. J'ai besoin, absolument besoin, de cinq mille francs.

- Allons donc, vous ?

- Oui, moi, ou plutôt mon mari, qui me charge de les trouver.

J'étais tellement stupéfait, que je balbutiais mes réponses. Je me demandais si vraiment elle ne s'était pas moquée de moi avec le docteur Parent, si ce n'était pas là une simple farce préparée d'avance et fort bien jouée.

Mais, en la regardant avec attention, tous mes doutes se dissipèrent. Elle tremblait d'angoisse, tant cette démarche lui était douloureuse, et je compris qu'elle avait la gorge pleine de sanglots.

Je la savais fort riche et je repris :

- Comment ! votre mari n'a pas cinq mille francs à sa disposition ! Voyons, réfléchissez. Êtes-vous sûre qu'il vous a chargée de me les demander ?

Elle hésita quelques secondes comme si elle eût fait un grand effort pour chercher dans son souvenir, puis elle répondit :

- Oui…, oui… j'en suis sûre.

- Il vous a écrit ?

Elle hésita encore, réfléchissant. Je devinai le travail torturant de sa pensée. Elle ne savait pas. Elle savait seulement qu'elle devait m'emprunter cinq mille francs pour son mari. Donc elle osa mentir.

- Oui, il m'a écrit.

- Quand donc ? Vous ne m'avez parlé de rien, hier.

- J'ai reçu sa lettre ce matin.

- Pouvez-vous me la montrer ?

- Non… non… non… elle contenait des choses intimes… trop personnelles… je l'ai… je l'ai brûlée.

- Alors, c'est que votre mari fait des dettes.

Elle hésita encore, puis murmura :

- Je ne sais pas.

Je déclarai brusquement :

- C'est que je ne puis disposer de cinq mille francs en ce moment, ma chère cousine.

Elle poussa une sorte de cri de souffrance.

- Oh ! oh ! je vous en prie, je vous en prie, trouvez-les…

Elle s'exaltait, joignait les mains comme si elle m'eût prié ! J'entendais sa voix changer de ton ; elle pleurait et bégayait, harcelée, dominée par l'ordre irrésistible qu'elle avait reçu.

- Oh ! oh ! je vous en supplie... si vous saviez comme je souffre... il me les faut aujourd'hui.

J'eus pitié d'elle.

- Vous les aurez tantôt, je vous le jure.

Elle s'écria :

- Oh ! merci ! merci ! Que vous êtes bon.

Je repris : - Vous rappelez-vous ce qui s'est passé hier chez vous ?

- Oui.

- Vous rappelez-vous que le docteur Parent vous a endormie ?

- Oui.

- Eh ! bien, il vous a ordonné de venir m'emprunter ce matin cinq mille francs, et vous obéissez en ce moment à cette suggestion.

Elle réfléchit quelques secondes et répondit :

- Puisque c'est mon mari qui les demande.

Pendant une heure, j'essayai de la convaincre, mais je n'y pus parvenir.

Quand elle fut partie, je courus chez le docteur. Il allait sortir ; et il m'écouta en souriant. Puis il dit :

- Croyez-vous maintenant ?

- Oui, il le faut bien.

- Allons chez votre parente.

Elle sommeillait déjà sur une chaise longue, accablée de fatigue. Le médecin lui prit le pouls, la regarda quelque temps, une main levée vers ses yeux qu'elle ferma peu à peu sous l'effort insoutenable de cette puissance magnétique.

Quand elle fut endormie :

- Votre mari n'a plus besoin de cinq mille francs ! Vous allez donc oublier que vous avez prié votre cousin de vous les prêter, et, s'il vous parle de cela, vous ne comprendrez pas.

Puis il la réveilla. Je tirai de ma poche un portefeuille :

- Voici, ma chère cousine, ce que vous m'avez demandé ce matin.

Elle fut tellement surprise que je n'osai pas insister. J'essayai cependant de ranimer sa mémoire, mais elle nia avec force, crut que je me moquais d'elle, et faillit, à la fin, se fâcher.

Voilà ! je viens de rentrer ; et je n'ai pu déjeuner, tant cette expérience m'a bouleversé.

19 juillet. – Beaucoup de personnes à qui j'ai raconté cette aventure se sont moquées de moi. Je ne sais plus que penser. Le sage dit : Peut-être ?

21 juillet. – J'ai été dîner à Bougival, puis j'ai passé la soirée au bal des canotiers. Décidément, tout dépend des lieux et des milieux. Croire au surnaturel dans l'île de la Grenouillère, serait le comble de la folie… mais au sommet du mont Saint-Michel ?… mais dans les Indes ? Nous subissons effroyablement l'influence de ce qui nous entoure. Je rentrerai chez moi la semaine prochaine.

30 juillet. – Je suis revenu dans ma maison depuis hier. Tout va bien.

2 août. – Rien de nouveau ; il fait un temps superbe. Je passe mes journées à regarder couler la Seine.

4 août. – Querelles parmi mes domestiques. Ils prétendent qu'on casse les verres, la nuit, dans les armoires. Le valet de chambre accuse la cuisinière, qui accuse la lingère, qui accuse les deux autres. Quel est le coupable ? Bien fin qui le dirait !

6 août. – Cette fois, je ne suis pas fou. J'ai vu… j'ai vu… j'ai vu !… Je ne puis plus douter… j'ai vu !… J'ai encore froid jusque dans les ongles… j'ai encore peur jusque dans les moelles… j'ai vu !…

Je me promenais à deux heures, en plein soleil, dans mon parterre de rosiers… dans l'allée des rosiers d'automne qui commencent à fleurir.

Comme je m'arrêtais à regarder un *géant des batailles*, qui portait trois fleurs magnifiques, je vis, je vis distinctement, tout près de moi, la tige d'une de ces roses se plier, comme si une main invisible l'eût tordue, puis se casser, comme si cette main l'eût cueillie ! Puis la fleur s'éleva, suivant une courbe qu'aurait décrite un bras en la portant vers une bouche, et elle resta suspendue dans l'air transparent, toute seule, immobile, effrayante tache rouge à trois pas de mes yeux.

Éperdu, je me jetai sur elle pour la saisir ! Je ne trouvai rien ; elle avait disparu. Alors je fus pris d'une colère furieuse contre moi-même ; car il n'est pas permis à un homme raisonnable et sérieux d'avoir de pareilles hallucinations.

Mais était-ce bien une hallucination ? Je me retournai pour chercher la tige, et je la retrouvai immédiatement sur l'arbuste, fraîchement brisée entre les deux autres roses demeurées à la branche.

Alors, je rentrai chez moi l'âme bouleversée ; car je suis certain, maintenant, certain comme de l'alternance des jours et des nuits, qu'il existe près de moi un être invisible, qui se nourrit de lait et d'eau, qui peut toucher aux choses, les prendre et les changer de place, doué par conséquent d'une nature matérielle, bien qu'imperceptible pour nos sens, et qui habite comme moi, sous mon toit...

7 août. – J'ai dormi tranquille. Il a bu l'eau de ma carafe, mais n'a point troublé mon sommeil.

Je me demande si je suis fou. En me promenant, tantôt au grand soleil, le long de la rivière, des doutes me sont venus sur ma raison, non point des doutes vagues comme j'en avais jusqu'ici, mais des doutes précis, absolus. J'ai vu des fous ; j'en ai connu qui restaient intelligents, lucides, clairvoyants même sur toutes les choses de la vie, sauf sur un point. Ils parlaient de tout avec clarté, avec souplesse, avec profondeur, et soudain leur pensée touchant l'écueil de leur folie, s'y déchirait en pièces, s'éparpillait et sombrait dans cet océan effrayant et furieux, plein de vagues bondissantes, de brouillards, de bourrasques, qu'on nomme « la démence ».

Certes, je me croirais fou, absolument fou, si je n'étais conscient, si je ne connaissais parfaitement mon état, si je ne le sondais en l'analysant avec une complète lucidité. Je ne serais donc, en somme, qu'un halluciné raisonnant. Un trouble inconnu se serait produit dans mon cerveau, un de ces troubles qu'essaient de noter et de préciser aujourd'hui les physiologistes ; et ce trouble aurait déterminé dans mon esprit, dans l'ordre et la logique de mes idées, une crevasse profonde. Des phénomènes semblables ont lieu dans le rêve qui nous promène à travers les fantasmagories les plus invraisemblables, sans que nous en soyons surpris, parce que l'appareil vérificateur, parce que le sens du contrôle est endormi ; tandis que la faculté imaginative veille et travaille. Ne se peut-il pas qu'une des imperceptibles touches du clavier cérébral se trouve paralysée chez moi ? Des hommes, à la suite d'accidents, perdent la mémoire des noms propres ou des verbes ou des chiffres, ou seulement des dates. Les localisations de toutes les parcelles de la pensée sont aujourd'hui prouvées. Or, quoi d'étonnant à ce que ma faculté de contrôler l'irréalité de certaines hallucinations, se trouve engourdie chez moi en ce moment !

Je songeais à tout cela en suivant le bord de l'eau. Le soleil couvrait de clarté la rivière, faisait la terre délicieuse, emplissait mon regard d'amour pour la vie, pour les hirondelles, dont l'agilité est une joie de mes yeux, pour les herbes de la rive dont le frémissement est un bonheur de mes oreilles.

Peu à peu, cependant, un malaise inexplicable me pénétrait. Une force, me semblait-il, une force occulte m'engourdissait, m'arrêtait, m'empêchait d'aller plus loin, me rappelait en arrière. J'éprouvais ce besoin douloureux de rentrer qui vous oppresse, quand on a laissé au logis un malade aimé, et que le pressentiment vous saisit d'une aggravation de son mal.

Donc, je revins malgré moi, sûr que j'allais trouver, dans ma maison, une mauvaise nouvelle, une lettre ou une dépêche. Il n'y avait rien ; et je demeurai plus surpris et plus inquiet que si j'avais eu de nouveau quelque vision fantastique.

8 août. – J'ai passé hier une affreuse soirée. Il ne se manifeste plus, mais je le sens près de moi, m'épiant, me regardant, me pénétrant, me dominant et plus redoutable, en se cachant ainsi, que s'il signalait par des phénomènes surnaturels sa présence invisible et constante.

J'ai dormi, pourtant.

9 août. – Rien, mais j'ai peur.

10 août. – Rien ; qu'arrivera-t-il demain ?

11 août. – Toujours rien ; je ne puis plus rester chez moi avec cette crainte et cette pensée entrées en mon âme ; je vais partir.

12 août, 10 heures du soir. – Tout le jour j'ai voulu m'en aller ; je n'ai pas pu. J'ai voulu accomplir cet acte de liberté si facile, si simple, – sortir – monter dans ma voiture pour gagner Rouen – je n'ai pas pu. Pourquoi ?

13 août. – Quand on est atteint par certaines maladies, tous les ressorts de l'être physique semblent brisés, toutes les énergies anéanties, tous les muscles relâchés, les os devenus mous comme la chair et la chair liquide comme de l'eau. J'éprouve cela dans mon être moral d'une façon étrange et désolante. Je n'ai plus aucune force, aucun courage, aucune domination sur moi, aucun pouvoir même de mettre en mouvement ma volonté. Je ne peux plus vouloir ; mais quelqu'un veut pour moi ; et j'obéis.

14 août. – Je suis perdu ! Quelqu'un possède mon âme et la gouverne ! quelqu'un ordonne tous mes actes, tous mes mouvements, toutes mes pensées. Je ne suis plus rien en moi, rien qu'un spectateur esclave et terrifié de toutes les choses que j'accomplis. Je désire sortir. Je ne peux pas. Il ne veut pas ; et je reste, éperdu, tremblant, dans le fauteuil où il me tient assis. Je désire seulement me lever, me soulever, afin de me croire maître de moi. Je ne peux pas ! Je suis rivé à mon siège et mon siège adhère au sol, de telle sorte qu'aucune force ne nous soulèverait.

Puis, tout d'un coup, il faut, il faut, il faut que j'aille au fond de mon jardin cueillir des fraises et les manger. Et j'y vais. Je cueille des fraises et je les mange ! Oh ! mon Dieu ! Mon Dieu ! Mon Dieu ! Est-il un Dieu ? S'il en est un, délivrez-moi, sauvez-moi ! secourez-moi ! Pardon ! Pitié ! Grâce ! Sauvez-moi ! Oh ! quelle souffrance ! quelle torture ! quelle horreur !

15 août. – Certes, voilà comment était possédée et dominée ma pauvre cousine, quand elle est venue m'emprunter cinq mille francs. Elle subissait un vouloir étranger entré en elle, comme une autre âme, comme une autre âme parasite et dominatrice. Est-ce que le monde va finir ?

Mais celui qui me gouverne, quel est-il, cet invisible ? cet inconnaissable, ce rôdeur d'une race surnaturelle ?

Donc les Invisibles existent ! Alors, comment depuis l'origine du monde ne se sont-ils pas encore manifestés d'une façon précise comme ils le font pour moi ? Je n'ai jamais rien lu qui ressemble à ce qui s'est passé dans ma demeure. Oh ! si je pouvais la quitter, si je pouvais m'en aller, fuir et ne pas revenir. Je serais sauvé, mais je ne peux pas.

16 août. – J'ai pu m'échapper aujourd'hui pendant deux heures, comme un prisonnier qui trouve ouverte, par hasard, la porte de son cachot. J'ai senti que j'étais libre tout à coup et qu'il était loin. J'ai ordonné d'atteler bien vite et j'ai gagné Rouen. Oh ! quelle joie de pouvoir dire à un homme qui obéit : « Allez à Rouen ! »

Je me suis fait arrêter devant la bibliothèque et j'ai prié qu'on me prêtât le grand traité du docteur Hermann Herestauss sur les habitants inconnus du monde antique et moderne.

Puis, au moment de remonter dans mon coupé, j'ai voulu dire : « À la gare ! » et j'ai crié, – je n'ai pas dit, j'ai crié – d'une voix si forte que les passants se sont retournés : « À la maison », et je suis tombé, affolé d'angoisse, sur le coussin de ma voiture. Il m'avait retrouvé et repris.

17 août. – Ah ! Quelle nuit ! quelle nuit ! Et pourtant il me semble que je devrais me réjouir. Jusqu'à une heure du matin, j'ai lu ! Hermann Herestauss, docteur en philosophie et en théogonie, a écrit l'histoire et les manifestations de tous les êtres invisibles rôdant autour de l'homme ou rêvés par lui. Il décrit leurs origines, leur domaine, leur puissance. Mais aucun d'eux ne ressemble à celui qui me hante. On dirait que l'homme, depuis qu'il pense, a pressenti et redouté un être nouveau, plus fort que lui, son successeur en ce monde, et que, le sentant proche et ne pouvant prévoir la nature de ce maître, il a créé, dans sa terreur, tout le peuple fantastique des êtres occultes, fantôme vagues nés de la peur.

Donc, ayant lu jusqu'à une heure du matin, j'ai été m'asseoir ensuite auprès de ma fenêtre ouverte pour rafraîchir mon front et ma pensée au vent calme de l'obscurité.

Il faisait bon, il faisait tiède ! Comme j'aurais aimé cette nuit-là autrefois !

Pas de lune. Les étoiles avaient au fond du ciel noir des scintillements frémissants. Qui habite ces mondes ? Quelles formes, quels vivants, quels animaux, quelles plantes sont là-bas ? Ceux qui pensent dans ces univers lointains, que savent-ils plus que nous ? Que peuvent-ils plus que nous ? Que voient-ils que nous ne connaissons point ? Un d'eux, un jour ou l'autre, traversant l'espace, n'apparaîtra-t-il pas sur notre terre pour la conquérir, comme les Normands jadis traversaient la mer pour asservir des peuples plus faibles ?

Nous sommes si infirmes, si désarmés, si ignorants, si petits, nous autres, sur ce grain de boue qui tourne délayé dans une goutte d'eau.

Je m'assoupis en rêvant ainsi au vent frais du soir.

Or, ayant dormi environ quarante minutes, je rouvris les yeux sans faire un mouvement, réveillé par je ne sais quelle émotion confuse et bizarre. Je ne vis rien d'abord, puis, tout à coup, il me sembla qu'une page du livre resté ouvert sur ma table venait de tourner toute seule. Aucun souffle d'air n'était entré par ma fenêtre. Je fus surpris et j'attendis. Au bout de quatre minutes environ, je vis, je vis, oui, je vis de mes yeux une autre page se soulever et se rabattre sur la précédente, comme si un doigt l'eût feuilletée. Mon fauteuil était vide, semblait vide ; mais je compris qu'il était là, lui, assis à ma place, et qu'il lisait. D'un bond furieux, d'un bond de bête révoltée, qui va éventrer son dompteur, je traversai ma chambre pour le saisir, pour l'étreindre, pour le tuer !... Mais mon siège, avant que je l'eusse atteint, se renversa comme si on eût fui devant moi... ma table oscilla, ma lampe tomba et s'éteignit, et ma fenêtre se ferma comme si un malfaiteur surpris se fût élancé dans la nuit, en prenant à pleines mains les battants.

Donc, il s'était sauvé ; il avait eu peur, peur de moi, lui !

Alors... alors... demain... ou après... ou un jour quelconque, je pourrai donc le tenir sous mes poings, et l'écraser contre le sol ! Est-ce que les chiens, quelquefois, ne mordent point et n'étranglent pas leurs maîtres ?

18 août. – J'ai songé toute la journée. Oh ! oui je vais lui obéir, suivre ses impulsions, accomplir toutes ses volontés, me faire humble, soumis, lâche. Il est le plus fort. Mais une heure viendra...

19 août. – Je sais... je sais... je sais tout ! Je viens de lire ceci dans la *Revue du Monde scientifique* : « Une nouvelle assez curieuse nous arrive de Rio de Janeiro. Une folie, une épidémie de folie, comparable aux démences contagieuses qui atteignirent les peuples d'Europe au moyen âge, sévit en ce moment dans la province de San-Paulo. Les habitants éperdus quittent leurs maisons, désertent leurs villages, abandonnent leurs cultures, se disant poursuivis, possédés, gouvernés comme un bétail humain par des êtres invisibles bien que tangibles, des sortes de vampires qui se nourrissent de leur vie, pendant leur sommeil, et qui boivent en outre de l'eau et du lait sans paraître toucher à aucun autre aliment.

« M. le professeur Don Pedro Henriquez, accompagné de plusieurs savants médecins, est parti pour la province de San-Paulo afin d'étudier sur place les origines et les manifestations de cette surprenante folie, et de proposer à l'Empereur les mesures qui lui paraîtront le plus propres à rappeler à la raison ces populations en délire. »

Ah ! Ah ! je me rappelle, je me rappelle le beau trois-mâts brésilien qui passa sous mes fenêtres en remontant la Seine, le 8 mai dernier ! Je le trouvais si joli, si blanc, si gai ! L'Être était dessus, venant de là-bas, où sa race est née ! Et il m'a vu ! Il a vu ma demeure blanche aussi ; et il a sauté du navire sur la rive. Oh ! mon Dieu !

À présent, je sais, je devine. Le règne de l'homme est fini.

Il est venu, Celui que redoutaient les premières terreurs des peuples naïfs, Celui qu'exorcisaient les prêtres inquiets, que les sorciers évoquaient par les nuits sombres, sans le voir apparaître encore, à qui les pressentiments des maîtres passagers du monde prêtèrent toutes les formes monstrueuses ou gracieuses des gnomes, des esprits, des génies, des fées, des farfadets. Après les grossières conceptions de l'épouvante primitive, des hommes plus perspicaces l'ont pressenti plus clairement. Mesmer l'avait deviné, et les médecins, depuis dix ans déjà, ont découvert, d'une façon précise, la nature de sa puissance avant qu'il l'eût exercée lui-même.

Ils ont joué avec cette arme du Seigneur nouveau, la domination d'un mystérieux vouloir sur l'âme humaine devenue esclave. Ils ont appelé cela magnétisme, hypnotisme, suggestion... que sais-je ? Je les ai vus s'amuser comme des enfants imprudents avec cette horrible puissance ! Malheur à nous ! Malheur à l'homme ! Il est venu, le... le... comment se nomme-t-il... le... il me semble qu'il me crie son nom, et je ne l'entends pas... le... oui... il le crie... J'écoute... je ne peux pas... répète... le... Horla... J'ai entendu... le Horla... c'est lui... le Horla... il est venu !...

Ah ! le vautour a mangé la colombe ; le loup a mangé le mouton ; le lion a dévoré le buffle aux cornes aiguës ; l'homme a tué le lion avec la flèche, avec le glaive, avec la poudre ; mais le Horla va faire de l'homme ce que nous avons fait du cheval et du bœuf : sa chose, son serviteur et sa nourriture, par la seule puissance de sa volonté. Malheur à nous !

Pourtant, l'animal, quelquefois, se révolte et tue celui qui l'a dompté... moi aussi je veux... je pourrai... mais il faut le connaître, le toucher, le voir ! Les savants disent que l'œil de la bête, différent du nôtre, ne distingue point comme le nôtre... Et mon œil à moi ne peut distinguer le nouveau venu qui m'opprime.

Pourquoi ? Oh ! je me rappelle à présent les paroles du moine du mont Saint-Michel : « Est-ce que nous voyons la cent millième partie de ce qui existe ? Tenez, voici le vent qui est la plus grande force de la nature, qui renverse les hommes, abat les édifices, déracine les arbres, soulève la mer en montagnes d'eau, détruit les falaises et jette aux brisants les grands navires, le vent qui tue, qui siffle, qui gémit, qui mugit, l'avez-vous vu et pouvez-vous le voir : il existe pourtant ! »

Et je songeais encore : mon œil est si faible, si imparfait, qu'il ne distingue même point les corps durs, s'ils sont transparents comme le verre !... Qu'une glace sans tain barre mon chemin, il me jette dessus comme l'oiseau entré dans une chambre se casse la tête aux vitres. Mille choses en outre le trompent et l'égarent ? Quoi d'étonnant, alors, à ce qu'il ne sache point apercevoir un corps nouveau que la lumière traverse.

Un être nouveau ! pourquoi pas ? Il devait venir assurément ! pourquoi serions-nous les derniers ! Nous ne le distinguons point, ainsi que tous les autres créés avant nous ? C'est que sa nature est plus parfaite, son corps plus fin et plus fini que le nôtre, que le nôtre si faible, si maladroitement conçu, encombré d'organes toujours fatigués, toujours forcés comme des ressorts trop complexes, que le nôtre, qui vit comme une plante et comme une bête, en se nourrissant péniblement d'air, d'herbe et de viande, machine animale en proie aux maladies, aux déformations, aux putréfactions, poussive, mal réglée, naïve et bizarre, ingénieusement mal faite, œuvre grossière et délicate, ébauche d'être qui pourrait devenir intelligent et superbe.

Nous sommes quelques-uns, si peu sur ce monde, depuis l'huître jusqu'à l'homme. Pourquoi pas un de plus, une fois accomplie la période qui sépare les apparitions successives de toutes les espèces diverses ?

Pourquoi pas un de plus ? Pourquoi pas aussi d'autres arbres aux fleurs immenses, éclatantes et parfumant des régions entières ? Pourquoi pas d'autres éléments que le feu, l'air, la terre et l'eau ? – Ils sont quatre, rien que quatre, ces pères nourriciers des êtres ! Quelle pitié ! Pourquoi ne sont-ils pas quarante, quatre cents, quatre mille ! Comme tout est pauvre, mesquin, misérable ! avarement donné, sèchement inventé, lourdement fait ! Ah ! l'éléphant, l'hippopotame, que de grâce ! le chameau, que d'élégance !

Mais direz-vous, le papillon ! une fleur qui vole ! J'en rêve un qui serait grand comme cent univers, avec des ailes dont je ne puis même exprimer la forme, la beauté, la couleur et le mouvement. Mais je le vois… il va d'étoile en étoile, les rafraîchissant et les embaumant au souffle harmonieux et léger de sa course !… Et les peuples de là-haut le regardent passer, extasiés et ravis !

Qu'ai-je donc ? C'est lui, lui, le Horla, qui me hante, qui me fait penser ces folies ! Il est en moi, il devient mon âme ; je le tuerai !

19 août. – Je le tuerai. Je l'ai vu ! je me suis assis hier soir, à ma table ; et je fis semblant d'écrire avec une grande attention. Je savais bien qu'il viendrait rôder autour de moi, tout près, si près que je pourrais peut-être le toucher, le saisir ! Et alors !… alors, j'aurais la force des désespérés ; j'aurais mes mains, mes genoux, ma poitrine, mon front, mes dents pour l'étrangler, l'écraser, le mordre, le déchirer.

Et je le guettais avec tous mes organes surexcités.

J'avais allumé mes deux lampes et les huit bougies de ma cheminée, comme si j'eusse pu, dans cette clarté, le découvrir.

En face de moi, mon lit, un vieux lit de chêne à colonnes ; à droite, ma cheminée ; à gauche, ma porte fermée avec soin, après l'avoir laissée longtemps ouverte, afin de l'attirer ; derrière moi, une très haute armoire à glace, qui me servait chaque jour pour me raser, pour m'habiller, et où j'avais coutume de me regarder, de la tête aux pieds, chaque fois que je passais devant.

Donc, je faisais semblant d'écrire, pour le tromper, car il m'épiait lui aussi ; et soudain, je sentis, je fus certain qu'il lisait par-dessus mon épaule, qu'il était là, frôlant mon oreille.

Je me dressai, les mains tendues, en me tournant si vite que je faillis tomber. Eh bien ?... on y voyait comme en plein jour, et je ne me vis pas dans ma glace !... Elle était vide, claire, profonde, pleine de lumière ! Mon image n'était pas dedans... et j'étais en face, moi ! Je voyais le grand verre limpide du haut en bas. Et je regardais cela avec des yeux affolés ; et je n'osais plus avancer, je n'osais plus faire un mouvement, sentant bien pourtant qu'il était là, mais qu'il m'échapperait encore, lui dont le corps imperceptible avait dévoré mon reflet.

Comme j'eus peur ! Puis voilà que tout à coup je commençai à m'apercevoir dans une brume, au fond du miroir, dans une brume comme à travers une nappe d'eau ; et il me semblait que cette eau glissait de gauche à droite, lentement, rendant plus précise mon image, de seconde en seconde. C'était comme la fin d'une éclipse. Ce qui me cachait ne paraissait point posséder de contours nettement arrêtés, mais une sorte de transparence opaque, s'éclaircissant peu à peu.

Je pus enfin me distinguer complètement, ainsi que je le fais chaque jour en me regardant.

Je l'avais vu ! L'épouvante m'en est restée, qui me fait encore frissonner.

20 août. – Le tuer, comment ? puisque je ne peux l'atteindre ? Le poison ? mais il me verrait le mêler à l'eau ; et nos poisons, d'ailleurs, auraient-ils un effet sur son corps imperceptible ? Non… non… sans aucun doute… Alors ?… alors ?…

21 août. – J'ai fait venir un serrurier de Rouen et lui ai commandé pour ma chambre des persiennes de fer, comme en ont, à Paris, certains hôtels particuliers, au rez-de-chaussée, par crainte des voleurs. Il me fera, en outre, une porte pareille. Je me suis donné pour un poltron, mais je m'en moque !…

10 septembre. – Rouen, hôtel Continental. C'est fait… c'est fait… mais est-il mort ? J'ai l'âme bouleversée de ce que j'ai vu.

Hier donc, le serrurier ayant posé ma persienne et ma porte de fer, j'ai laissé tout ouvert jusqu'à minuit, bien qu'il commençât à faire froid.

Tout à coup, j'ai senti qu'il était là, et une joie, une joie folle m'a saisi. Je me suis levé lentement, et j'ai marché à droite, à gauche, longtemps pour qu'il ne devinât rien ; puis j'ai ôté mes bottines et mis mes savates avec négligence ; puis j'ai fermé ma persienne de fer, et revenant à pas tranquilles vers la porte, j'ai fermé la porte aussi à double tour. Retournant alors vers la fenêtre, je la fixai par un cadenas, dont je mis la clef dans ma poche.

Tout à coup, je compris qu'il s'agitait autour de moi, qu'il avait peur à son tour, qu'il m'ordonnait de lui ouvrir. Je faillis céder ; je ne cédai pas, mais m'adossant à la porte, je l'entrebâillai, tout juste assez pour passer, moi, à reculons ; et comme je suis très grand ma tête touchait au linteau. J'étais sûr qu'il n'avait pu s'échapper et je l'enfermai, tout seul, tout seul. Quelle joie ! Je le tenais ! Alors, je descendis, en courant ; je pris dans mon salon, sous ma chambre, mes deux lampes et je renversai toute l'huile sur le tapis, sur les meubles, partout ; puis j'y mis le feu, et je me sauvai, après avoir bien refermé, à double tour, la grande porte d'entrée.

Et j'allai me cacher au fond de mon jardin, dans un massif de lauriers. Comme ce fut long ! comme ce fut long ! Tout était noir, muet, immobile ; pas un souffle d'air, pas une étoile, des montagnes de nuages qu'on ne voyait point, mais qui pesaient sur mon âme si lourds, si lourds.

Je regardais ma maison, et j'attendais. Comme ce fut long ! Je croyais déjà que le feu s'était éteint tout seul, ou qu'il l'avait éteint, Lui, quand une des fenêtres d'en bas creva sous la poussée de l'incendie, et une flamme, une grande flamme rouge et jaune, longue, molle, caressante, monta le long du mur blanc et le baisa jusqu'au toit. Une lueur courut dans les arbres, dans les branches, dans les feuilles, et un frisson, un frisson de peur aussi. Les oiseaux se réveillaient ; un chien se mit à hurler ; il me sembla que le jour se levait ! Deux autres fenêtres éclatèrent aussitôt, et je vis que tout le bas de ma demeure n'était plus qu'un effrayant brasier. Mais un cri, un cri horrible, suraigu, déchirant, un cri de femme passa dans la nuit, et deux mansardes s'ouvrirent ! J'avais oublié mes domestiques ! Je vis leurs faces affolées, et leurs bras qui s'agitaient !...

Alors, éperdu d'horreur, je me mis à courir vers le village en hurlant : « Au secours ! au secours ! au feu ! au feu ! » Je rencontrai des gens qui s'en venaient déjà et je retournai avec eux, pour voir !

La maison, maintenant, n'était plus qu'un bûcher horrible et magnifique, un bûcher monstrueux, éclairant toute la terre, un bûcher où brûlaient des hommes, et où il brûlait aussi, Lui, Lui, mon prisonnier, l'Être nouveau, le nouveau maître, le Horla !

Soudain le toit tout entier s'engloutit entre les murs et un volcan de flammes jaillit jusqu'au ciel. Par toutes les fenêtres ouvertes sur la fournaise, je voyais la cuve de feu, et je pensais qu'il était là, dans ce four, mort...

– Mort ? Peut-être ?... Son corps ? son corps que le jour traversait n'était-il pas indestructible par les moyens qui tuent les nôtres ?

S'il n'était pas mort ?... seul peut-être le temps a prise sur l'Être Invisible et Redoutable. Pourquoi ce corps transparent, ce corps inconnaissable, ce corps d'Esprit, s'il devait craindre, lui aussi, les maux, les blessures, les infirmités, la destruction prématurée ?

La destruction prématurée ? toute l'épouvante humaine vient d'elle ! Après l'homme, le Horla. – Après celui qui peut mourir tous les jours, à toutes les heures, à toutes les minutes, par tous les accidents, est venu celui qui ne doit mourir qu'à son jour, à son heure, à sa minute, parce qu'il a touché la limite de son existence !

« Non… non… sans aucun doute, sans aucun doute… il n'est pas mort… Alors… alors… il va donc falloir que je me tue, moi !…